JN258597

若者たちと農とデモ暮らし

若者たちと農とデモ暮らし

少しヤバイ遺言

秋山豊寛
Akiyama Toyohiro

岩波書店

目　次

第1部

農のあるもう一つの暮らしが始まる　２０１２年

京都からの電話

「トクヤマです……」という電話の声を聞いたのは、２０１1年7月のことでした。この電話が、私が京都に移り住み、学生たちと農作業を中心に私たちはどんな時代を生きているのかを一緒に学ぶ暮らしのはじまりでした。

福島の阿武隈高地にある滝根町で16年間続けていた椎茸農家の暮らしは、福島第一原子力発電所の事故により終了し、電話を受けたのは群馬県鬼石町にある農家の友人の家に避難(＝居候)していた時でした。

電話の主は、私に「話を聞きたいので会いたい」と言っていました。私は通常、相手が会ったこともない知らない人の場合「誰にこの電話番号を聞いたのか」と尋ねて相手の「素性」を確かめるのですが、この時は田圃の見廻りから戻った直後でボーッとしていた時だったせいか、つい、そうした確認作業をしないまま話を続けてしまっていました。携帯電話に慣れていなかったことも、理由の一つかもしれません。居候としては、家主の電話を我がモノ顔に使うのも気が引けて、ついに、それまで敬遠していた「ケータイ」なるものを持たざるを得なくなっていました。

「トクヤマです……」と名乗っていた人物は、京都造形芸術大学の当時の理事長、徳山詳直氏。彼も、原発事故の問題を深刻に受け止めており、今後どうするべきかを考えていたという話をされ、ついては「私の経営する大学に来ないか」という話でした。

初めは、講演の依頼と思っていたのですが、会って話をしたいということで京都に徳山理事長を訪ねますと、どうやら「大学で教えないか」という話でした。

私としては、福島での椎茸農家の暮らしを再開する目途もなく、群馬での避難生活も数ヵ月を過ぎ、生活は宙ぶらりんの感じでしたので、心が動きました。特に、徳山理事長の原発の存在そのものへの鋭い批判的姿勢は、私の想いと重なりました。原発の問題を若者に語りかける機会としては、大学を拠点にすることは「天の声」かもしれないという気がしました。「大学で仕事をしないか」という徳山理事長の話を受けることにしました。何度か京都に足を運び、担当する講義について、大学の教務担当の方と話をしました。私が提案したのは「農作業を通じて、学生の感性を養う」というコースの新設でした。

私が福島県阿武隈山中で16年過ごした山の暮らしの経験から知ったことは、農作業という、人間が自然と接する具体的な機会が実に沢山のことを感じさせてくれ教えてくれるということでした。沢山の「気づき」のきっかけになることでした。

稲を育て、野菜を育てることは、天地自然の恵みを私たちが受け取る営みです。この恵みを感じられる瞬間は他の生きとし生けるものとの深いつながりに気づくきっかけにもなります。

こうした瞬間の思いこそ、私たちがこの世に存在する基礎となる感情ではないか、と私は思うのです。こうした思いが断ち切られる状況への批判的な視点こそ、私たちが失ってしまった何かを回復する契機になるのではないか。原発や戦争への批判も、こうした思いが根底にあってこそ、深い批判になるのでは、と考えていました。

ですから、若い人に何かを伝えること、そして、どうやって伝えるのかを考えた場合、こうした天地自然の恵みを感じる場を、彼ら彼女たちに提供することから始めてはどうか、身のまわりの世界を、愛おしく想う契機を生み出す場所の設定から始めることが重要ではないかと考えていました。

これが大学に招かれて、私に何ができるのかを考えた時に、教務の責任者に「農作業」のコースを提案した理由です。芸術系の大学ですから、そこに学ぶ若者は「何かを創造したい」「クリエイティブ」な存在でありたいという願いが、心の中にあるはずです。クリエイティブということは、この世に、これまでなかった何かを表現することです。そのために必要なことは何か。

「表現」という行為について考えてみました。それは、すでに意識的に入力された情報の組み合わせを変えるだけでなく、無意識の部分に入力された何かを意識化することも含まれるはずです。私たちに入力される情報は、いわゆる五感を通じて入力されるわけですが、全ての情報が入力される時に意識されているわけではありません。「コトバ」になった情報視覚による記号以外、匂いや味、手や肌などの触覚を介して入って来る情報があります。

こうした「無意識」の領域に蓄積された「情報」は、クリエイティブになる上では、重要な要素ではないかというのが、私の考えでした。

全身に情報を蓄積する上で、「農作業」という形で「自然」に接する行為は、若い人々に、特に目と耳を中心に「情報」の入力が行われる傾向にある「都会」の若者には「意味がある」という考え方です。

大学の理事長も教務担当の人たちも、私の提案を受け入れてくれました。

「大地に触れる」というコースが新設されることになり、ほかにメディアリテラシーのための「国際情勢論」と「情報メディア論」も担当することになりました。契約期間は5年間。フルタイムの契約「社員」です。独立自営農民から16年ぶりに、また「労働者」に戻りました。早速「シラバス」なるものを作成。とりあえず教員の一歩を踏み出したわけです。

そうは言いましても、私が勤めることになった大学には、畑も田圃もありません。ですから田圃は無理としても、とりあえず畑を用意してくれることになりました。キャンパス内の比較的平らな場所を探して、そこに畑を「造成」することになり、２０１１年度は無理なので、次の年2012年4月から新しいコースを始めることが決まり、私も群馬から京都へ移り、新しい「農のある暮らし」が始まることになったのです。友人の家に〝難民〟として居候する宙ぶらりんの暮らしから、サラリーマン暮らしではあれ、「原発難民」教師としての新しい世界が始まったわけです。

「歴史」がいっぱい

群馬県鬼石町の疎開先から京都に引越しをしたのは、暮れも押し詰まった12月27日になりました。天気図を見ますと、全体的には西高東低の気圧配置。シベリアからの寒気団が南に張り出し、西には低気圧が移動中。仮に年明けの1月2日に引っ越し日を設定しても、大雪で予定通り移動ができない可能性が高いと予想しました。移転先の京都市内の天候は、実際は1月になっても雪は殆どなかったのですが、群馬から京都に至る道路は、1月初旬は寒さのため通行がスムーズではない場所も出たと報じられましたから、改めて天気図から自分で判断するクセを農家暮らしを通じてつけておいて良かったと思った次第。

ダンボール箱60個に納めた本や資料類、衣類を乗せた大型バンによる移動には、鬼石町の奥多野有機事務局長の浦部隆さんと、埼玉は上里町の自然農法上里生産組合の岩田弘一組合長が同行、手伝ってくれました。二人とも〝武蔵〟の国で何百年も続く農家。関東の農家の実直さと真面目さを絵に描いたような人たちです。

この友人たちの協力で引っ越しは終了し、正月は、ダンボール詰めの本や書類の整理に追われる毎日となりました。16年ぶりの都会暮らし、京都の街中の真夜中まで自動車の音が聞こえる環境に慣れるまで時間がかかりそうです。

「京都は歴史が詰まっている」と、京都は大原野で、これまた先祖代々「筍」栽培をしている友人の筍農家山上義嗣さんは言います。「確かに」と感じるのは、身近な場所に限定しても色々あります。先ず「地名」。私が当面暮らすことになった地域、京都は左京区一乗寺も、書物に登場するような「歴史」をいやでも感じざるを得ない場所です。

私が「農と自然」について、そして「情報メディア論」や「国際情勢論」の講義を始めることになっている京都造形芸術大学が用意してくれた宿舎は、京都市は白川通りの一乗寺という地域にあります。平安時代に一乗寺という天台宗のお寺があったところが地名の由来なのだそうです。お寺そのものは今から数百年前、南北朝時代の戦火でなくなったものの、寺のあった広い地域が地名として残ったわけです。

一乗寺には「下り松」という場所があります。お馴染み……と言っても「宮本武蔵って誰」と言う人には、およそ縁はないのですが、巌流島で佐々木小次郎と決闘したことで知られるミヤモトムサシが、吉岡道場の門人たちと決闘したといわれる場所が、この「下り松」のあたり。武蔵の生きていた時代から数えて四代目という松が植えられ、近くの菓子屋には「武蔵マンジュウ」も売られています。

決闘に臨んだ武蔵が立ち寄ったという神社もあります。死の可能性を前に、神の助けを求めようとする自分の弱さに気がついて「我、神仏に頼らず」と自らを戒めた場所なのだそうです。

京都通の人にはお馴染みの詩仙堂も、すぐ近く。生まれも育ちも関東の私が生まれて初めて京都を訪ねた1980年代の初め、取材で知り合った友人に薦められ訪ねたのが詩仙堂でした。そのごく近くに住むことになったのは、何かの因縁なのかとも考えてしまいます。当時読んだ雑誌に、石川丈山なる人物について触れた文章があり、33歳という若さで隠世した人物が晩年まで暮らした庵、ということで興味が湧きました。30年前、詩仙堂は史跡に指定されてはいたものの、何となく荒れた感じで庵周辺にも人影は見られず、蟬の鳴き声が響く中でししおどしの「カーン」という音が、ゆっくりと時を刻んでいたという記憶があります。今回引っ越したあと、散歩がてらに思い出の場所を訪ねてみました。あれから30年、詩仙堂は庭を含めて整備され、観光都市京都を構成する1つのパーツとして妙にスッキリしています。1月中旬の寒さの中でも、外国人を含め観光客は絶え間なく姿を見せていました。

私がひそかに期待していた竹藪をはじめ「農地」を借りる話については、難しい気配。確かに「生産緑地」と標識の立つ田畑が宿舎の近くに見られるのですが、それを貸してもらえる可能性は低い感じです。地元農協の知人の話では、「やはり一乗寺は街中なので、10キロほど離れた大原のあたりまで行かないと、農地を貸してくれそうな農家を見つけるのは無理だろう」とのこと。引っ越して1ヵ月も経たないうちに欲しいモノをすべて手に入れることなど、あり得ないわけです。振り返ってみれば、福島で阿武隈山中の農地を「発見」するまで日本各地を2年かけて探し歩いていますから、今回もそのくらいの時間が必要なのかもしれません。

2月中旬、小雨が時々小雪混じりになる天気でしたが、京都郊外大原野で農家を経営している山上義嗣さんの竹林(筍畑)を見に行きました。山上さんは、彼の家から100メートルほど離れた竹林に、数日前に土盛りをしたばかりと言います。竹林全体に厚さ20センチほどに土が撒かれていました。

3反ほどの竹林の半分くらいは斜面になっていて、この斜面を一輪車で移動しながら土を盛っていく作業は、1本10キロの椎茸用原木を運ぶのに負けず劣らずの運動量と想像できます。「2日連続してやると、足場が悪いところで踏ん張るのか、フクラハギと太股が痛くなる」と山上さんは言います。

筍の収穫は、地上に筍が頭を出す前に、地下50センチくらいの所に育った筍を掘り出します。作業は3月中旬から始まり、4月が最盛期になる由。筍の成長は、前年の雨量に左右されます。昨年は夏も秋も雨が比較的多かったので、今年の春は「期待できそう」とのこと。私も3月の収穫期には手伝わせてもらうことになりました。筍を掘る特別のクワ「ホリ」も早速注文しました。

「京都は寒いぞ」と京都に暮らす友人たちは言いますが、寒さ暑さは比較の問題です。寒い日はマイナス15度以下が数日続く阿武隈の山中の1月に比べれば、京都の寒さもどうということもないでしょう。モスクワに暮らしていた時は、マイナス10度くらいの日は「今日は暖かいね」というのが挨拶でした。引越しの挨拶の葉書に返事をくれた青森や山形の友人からの便りによりますと、今年の1月は、日本海側は雪が多く、しかも北から吹き込む寒気が強いので気温も低いまま。そのため降った雪は融けずに雪かきが大変なのだそうです。「温暖化なんて騒いでいたけど、本当なのかね、という気分」と書いてきたのは北海道の友人です。

原発の「安全性神話」の崩壊のあと、注意しなければならないのは「急速な温暖化」と、その原因は「二酸化炭素」といった言説。これも「神話」なのかもしれないという気がします。急速な温暖化を「示す」とされる各国の気象関係者が出した基本データが偽造ではないかと騒がれたのが今から3年前の２００９年11月。イギリスのイーストアングリア大学にある世界の気候変動研究の司令塔となっていた「気候研究ユニット」のサーバーから交信メールが流出し「20世紀温暖化説」が、実は「気候データの捏造」に基づくものだったことが明らかになった事件がありました。クライメートゲート事件という名で報道されたのを覚えている方もいるでしょう。かつてアメリカのニクソン大統領が自らの再選を確実にするための工作をしたことが「ウォーターゲート事件」と呼ばれたことをもじって、クライメイト(気候)に合わせてクライメートゲート事件と呼ばれたわけです。

偽造データをもとに、温暖化の原因は「二酸化炭素の可能性が高い」とされ、これにどう対応するのかが「地球環境問題」の基本であるかのように喧伝されてきました。影響は「原子力発電は地球にやさしい」を含め、「エコカー減税」や様々な官制「エコ」活動が展開されるようになったり、「排出権取引」といった新しい市場まで創出されました。要するに地球温暖化説なるものは、一部学者たちの「覇権争い」が「新市場」開拓を願う経済界、そして政治家と手を組んだ「大ペテン」劇場の可能性さえ考えられる状況なのです。

ところが最近の研究は「温暖化」そのものを含め、果たして二酸化炭素犯人説は正しいのか、といった点で温暖化説によって主流になった「気象学者」以外の学者たちから疑問が出されるようになってきています。地球の平均気温は21世紀になって上昇はストップしているという話もあります。更に太陽の観測では、太陽から放出されるエネルギーがここ数年は衰えているというデータさえあるのです。勇気ある学者たちの努力で新しい「不都合な真実」が明らかにされるかもしれません。

もちろん、これまで「主流」としてスポットライトを浴びてきた「専門家」と称する人々をはじめ、温暖化を大いに騒ぎ立ててきた「科学ジャーナリスト」たちは、自らの立場を守ろうと、異論を申し立てる人々に対して「トンデモ学者」とか「トンデモ本」といった中傷をします。実際、この大スキャンダルともいえる「クライメートゲート事件」報道は、日本のマスメディアでは殆ど報じられていません。

これは、かつての原発をめぐる構図に似ています。中には「あれほど多数の学者が支持している」などとトンデモないことを言う「専門家」さえ出てきました。こうした人々には「科学」は、いつから多数決で決まることになったのかネ、とまぜっかえしたくなります。

京都は、この〝地球温暖化〟問題についての国際会議が開かれ「京都議定書」なる取り決めがつくられたところ。この京都で、二酸化炭素温暖化原因説は誤り、温暖化もオカシイという声を挙げている学者を是非発見したいという気分でいます。

福島の〝勇気〟ある人々

竹林見学に先立つ2月初旬、昔阿武隈山地に暮らしていた頃に結成した「あぶくま農業者大学校」の仲間たちの「同窓会」が、みちのくは郡山の磐梯熱海温泉で開かれました。

ひどい放射線汚染で、30年続けた牛飼いを廃業せざるを得なくなった川俣町山木屋の米倉啓示さん御夫妻や金沢に避難している都路村(みやこじむら)の浅田正文さん御夫妻を含め、総勢16名。

乳牛をやっていた米倉さんは、50頭ほど飼っていた牛をすべて処分。今は千葉のほうに避難中です。「借金が、まだ残っているので……」と今後の見通しは、まだ立たない様子。昨年収穫した有機米が放射能で汚染されていたため、売るのをあきらめた稲福和之さんは、現在、東京近郊の自動車部品工場で3ヵ月の「期間工」として出稼ぎ中。原発から25キロに家がある川内村の小塚勝昭さんは「どこか有機農業ができる場所」をさがしている最中。「トキを保護している佐渡ヶ島なんか良さそうかと思っている」と言っていました。福島市郊外で4反5畝のリンゴ園をやっている後藤孝一さんは、この冬の寒さの最中に高圧洗浄機で果樹に水をかけろと行政から言われて、怒り心頭の様子。私とほぼ同年代。はしごに登って洗浄機を使うのは、かなりきつい仕事です。

福島の果樹農家は「除染」ということで、果樹1本1本の木肌を削り、水で放射性物質を洗い流すことが「強いられて」います。

ブドウも梨もリンゴも、1月から2月の初めのこの時期は剪定といって、旧い枝を切り落とす作業をします。この枝は産業廃棄物。農家は大抵、これを燃やして灰にして大地に戻します。ところが、今年2012年は「燃やしてはいけない」との指示が行政から出され、「燃やすと罰金」ということで、オマワリさんが見廻りに来るそうです。農家の中には、こうした枝を風呂や暖房に使っていた人もいますが、これも「違反」ということで、削ったり切ったりした枝は、まとめて園地の端に積んでおくのだそうです。洗浄は、高圧ポンプを使うので、高い所から落ちてケガをする人も少なくない由。

「そんなことをしても、園地内の土に汚染した水がしみ込むだろうし、削った木の皮の放射性物質は、また木の根から吸い上げられるんじゃない」と聞けば、「指導に来た専門家は〝放射能は根から吸収しない〟と言った」と言うのは、やはり果樹農家の菅野春男さんです。

「そんなバカな。生体内濃縮があるから、コメ粒から放射能が検出されるんだろう」という声があがります。椎茸栽培の地元の関係者の話では、クヌギやナラなど原木椎茸の原料になる樹木などは、どうも木肌からも放射性物質を「取り込むことがある」ようだという調査結果もある由。「同窓会」は、政府、行政の指導の愚劣さへの批判で、夜遅くまで盛り上がりました。

ブドウ酒用のブドウ栽培をしていた佐藤正倫さん、醸造会社に「放射能入りブドウは引き取れない」と拒否され、東京電力相手の訴訟を準備中でしたが、今年1月中旬、生産した6トンを東京電力がキロ当たり300円で買い取るということで一応決着したとの報告。佐藤正倫さんは、このところ米を精米するためのパンカラ小屋でぼんやり過ごすことが多いと言います。パンカラ小屋の壁には、東電の会長を含め幹部たちについて「七代先まで許さない」という「血書」が掲げられています。

同窓会のあと、福島県内に残らざるを得ない状況の友人たちを訪れ、政府、県の対応や「避難した人々」の様子を数日かけて聴いて歩きました。「内部被曝や晩発性障害など放射能の危険性に対する人々の理解は深くなっているはずなのに、それを口にする人々への〝圧力〟は強まっている感じで、妙な雰囲気」と言うのは、地元メディアに勤める友人。

放射線量が高い地域から学童の集団疎開を求める「ふくしま集団疎開訴訟」で地方裁判所が訴えを退けていることなど、司法も原子力ムラの一部として再び機能を果たし始めていることも明らかになりはじめています。日本は、このフクシマ・ダイイチの「事件」を「住民の犠牲のもとに収束させようとしているのが現状だ」と言うのは、子どもたちの疎開にかかわっている友人。「国民の生活が第一」と言って政権の座についた民主党が、こうした事態を生み出していたという点を決して忘れてはならないという思いは強まります。

その友人から、2月11日に福島市内で「放射能からいのちを守る全国サミット」が開かれるので、そこに行けば「子どもたちの避難」に関心のある全国の人々と出会えると教えられ、京都に一度戻ったあと再び福島へ。この「サミット」を早速のぞいてみることにしました。

この日の集会には、北は北海道、南は沖縄まで、福島からの「放射線被曝から逃げ出した人々を支える」40余りの団体、300人余りが参加していました。

北海道の札幌市や京都府など、避難者受け入れに力を注いでいる自治体があることは、正直言って驚きでした。福島県の市町村としては、何とか人口が減らないように、そして観光客がやって来るように、あるいは企業が逃げ出さないように、政府と協力して「放射線は大したことない」と安全キャンペーンをしているのに、避難先を喜んで提供しようという自治体があること自体、福島県として面白くないはずですが、考えようによっては県内の「原発反対」「放射線は危ない」などと考える「意識の高い」人々を引き取ってくれるのは「治安対策」として逆に有難いということなのでしょうか。

会場内で会った果樹農家は、地元では「放射能が怖いから逃げたい、などと言える雰囲気ではない」と言っていました。

そうした福島県内で、フクシマ・ダイイチの事故後、一貫して〝勇気〟を持って子どもたちを守る活動を続けている人々がいます。その一人が中手聖一さんです。

彼は、福島県が国と一体となって「安全キャンペーン」を始めた当初から、これは「おかしい」と感じて「子どもたちを放射能から守る福島ネットワーク」を立ち上げました。政府から派遣されて県の「放射線アドバイザー」なるものになり、「100ミリシーベルトでも大丈夫」とビックリするような発言をした山下俊一なる「研究者」の講演会に出席し質問ぜめにしたのも彼ですし、ガイガーカウンターを借りて福島市内の放射線量を自分たちで計測して、行政も計測を始めざるを得ないよう説得したのも、彼のグループです。

中手さんは、障害者の団体で30年近く働いてきた人です。〝弱い者〟の視点から世界を視ることが身に着いた人だったから、「子ども」という弱い者の立場から周囲の流れに抗って声をあげる勇気があったのでしょう。

中手さんによりますと、この日集まった人々は今、日本各地に一時的にでも子どもたちを避難させるネットワークをつくりかけており、将来的には、地域の「学童」たちがまとまって移り住める「サテライト疎開」を実施できるよう計画中とのこと。何とも、原子力ムラの巻き返しに対抗する上で勇気の出てくる話です。

筍の修業を試みる

新しい土地での農作業に向けての歩みは、少しずつ進めています。瓜生山（うりゅうやま）にある大学の敷地内の山の畑も、バック・ホーでの荒起こしに続き、大量のバーク堆肥の投入も終わり、育苗や冬野菜用のハウスもできて、4月に授業が始まるまでには何とかなるという感じにまではこぎつけました。バック・ホーのエンジン音が途絶えた昼休み。山の畑の端に佇んでいますと、阿武隈の山中と同じように、まわりの木立からヤマガラやコガラの鳴き声が聴こえてきます。

4月初旬に播種する夏野菜用の種子は、当面、地元の農協で入手する予定ですが、可能なら京都周辺の有機農家が自家採取した種を使いたいとも考えています。京都市内より、隣県の滋賀や兵庫のほうが有機にこだわる農家が多いのでは、という友人のアドバイスもあり、時間をつくって種探しに近県まで足を延ばす必要がありそうです。

京都でも試してみようと思っているエゴマの種は、島根の川本町の竹下禎彦さんが、田村種と韓国種の2種類送ってくれました。エゴマは、日当たりが良くなくても育ちますし、獣類がニオイを嫌がりますので、出没するイノシシやシカ、サルたちが畑に近寄るのを防ぐ効果があるかもしれません。

　大学で学生と一緒の農作業が始まるのは4月ですが、京都に移住したあとの遠い目標である本格的な「農のある暮らし」に向けての第一歩は、3月中旬に始めました。

「良さそうなヤブがあるので行きませんか」と筍の師匠である山上義嗣さんから連絡があったのは、その1週間前。私が住んでいる左京区一乗寺は、山上さんが暮らしている西京区大原野から見ますと、同じ京都市内といっても、御所を中心にして丁度反対側。山上さんの家までは、およそ1時間半、大学前からバスに40分乗って、四条駅から阪急電鉄で20分ほど揺られ、東日向という駅で降ります。そのあとは車で30分。そのあたりは、山上さんの話では、昔は「ヤブ」ばかりでしたが、名神高速をつくる時に、このあたりの山を削って、その土を道路造りに使ったそうです。

　山上さんとは、東日向駅で待ち合わせて、作業現場の「ヤブ」に向かう途中で、農協の売店でかねて注文しておいた筍掘りの道具「ホリ」を受け取りました。長さ90センチほどの四角い鉄の棒の先端に刃がついています。柄はカシで、60センチくらいの長さです。代金は4万4625円。地元の何代も続く鍛冶屋さんが鍛えてくれたワザモノです。「道具は一生モノ」と山上さんは言います。

　ちなみに地元の人は、筍が育つ整備した竹林を「ヤブ」と呼びます。福島にいた時は「ヤブ」と言えば、手入れをしていない山のことを指していましたから、トコロ変われば……ということなのでしょう。「違う」と言えば、京都で通じなかった言葉に、農具の一つ、マンノーがあります。三本刃の鍬（くわ）のことですが、福島のみならず関東では、だいたい、この道具のことを「マンノー」と呼んでいます。ところが、ここ京都の農協のカタログには、何と「備中鍬（びっちゅうぐわ）」として載っています。福島の農家から教わった農具についての私の頭の中のカタログでは、「備中鍬」は平鍬よりも刃が厚い、ガッシリした鍬のことです。この刃が厚い鍬は、京都では「唐鍬（とうぐわ）」と言うようです。どうやら、箱根の山を越えると、農具の呼び名も違ってくるようで、このあたり、関西の農家の人との会話の場合、通じているようで全く違うことを頭に浮かべてしまう可能性もあり、要注意という感じ。

山上さんの家から更に20分ほど軽トラックで走った所に「現場」がありました。あたりはすべて「ヤブ」。竹の林が続いて、所々に「ゴミ捨て厳禁」というフダが立っています。「ヤブ」が切れた窪地には、地形に合わせた大小様々な形の田圃があります。田圃は、稲を刈ったあと、そのままになっていて、春起こしはまだのようです。

「この上のヤブを掘る」と言って山上さんが車を止めたあたりに、竹の匂いが風に乗って流れてきます。

「ヤブ」は、トタンや竹の古材で囲われ、所々にナイロン製のネットが張ってあります。この竹林の面積は、およそ3反弱とのこと。今年は、山上さんのほか二人が、このヤブでの収穫をまかされているとか。「今年は」と言うのは、このヤブの持主が最近亡くなり、息子さんは勤め人なので、筍掘りをする気は全くなく、故人が数十年にわたって整備・管理してきたヤブを、そのままイノシシの餌場にするのは忍びないので、故人の友人たちに管理をお願いしたい、ということなのだそうです。この大原野地区で筍の出荷組合に入っている農家は80人くらい。メンバーは、年々減っていると言います。確かに、途中で見た「ヤブ」の中には、何年も手を入れてないことが素人目にもはっきりわかる竹林が少なからずありました。

ヤブに入ると、イノシシの足跡があります。その日の朝に食べたと思われる跡も。ヤブは、持ち主が昨年暮れまで土を盛り、ワラを敷いて整備していたことがはっきりわかるきれいなヤブです。そのあちこちに、イノシシが掘ったと見られる穴があり、その近くには筍の皮が散乱しています。イノシシは、匂いで筍のある場所がわかるのだそうです。穴の中には、60センチ以上の深い穴もありますから、かなり地下深くに育った筍も、イノシシは感知する能力があるようです。

イノシシが腹一杯で食べられなくなった、いわば食べ残しの筍をこちらが探すことになったわけですが、地表から30センチないし50センチ下に生えている、この、地面に頭を出す前の筍を探すのが一苦労。山上さんは「かすかに地割れをしている所」と言うのですが、それが良くわからない。

1時間半ほどヤブをウロウロして、結局、私が掘ったのは、長さ20センチほどの小さな筍が3本。それも、山上さんや、あとからやって来た筍歴30年と言うワタナベさんという農家の人に「ここにある、掘ってみたら」と言われて、ようやく掘り出したもの。

ホリの使い方も、鍬で耕す時のような持ち方ではダメです。刃に近い柄の部分を右手で握り、柄の端のほうを左手で握るという、鍬とは異なった持ち方。大地への刺し方も、ドスンというより、右手でスッと押入する感じに動かします。刃に対して、ほぼ直角に柄がついている理由を「なるほど」と納得しているうちに、この日の作業は終了。

掘り出した3本は「おみやげに」と言われて、持ち帰り、家に戻って早速料理。皮を剝いで水洗い。とりあえずスライスして刺身。筍の香りが、静かに室の中に広がっていくのがわかります。口に入れると甘いのです。アク抜きしなくてもエグミは全くありません。半分食べて、残り2本半は水煮。およそ45分煮て、火が通ったところで、半分をスライス。今度は醬油をつけて食べてみます。「自分で掘った筍を初めて食べた」と、この3月18日の日記には書きました。この日は食べるのは1本だけにして、残りを冷蔵庫で保管。

いよいよ、竹取りの翁になれる可能性に向かっての第一歩が始まったという一日でした。

宇宙開発も「軍事」目的へ

コートを脱いでも寒くない程度に気温が上昇して穏やかに風が吹く日、勤め先の大学構内のソメイヨシノは桜吹雪を舞わせていました。

この、何とも心地良い日に2回目の筍掘りに行きました。わが筍の師匠の山上義嗣さんは、彼の家の裏手にあるヤブに連れて行ってくれました。ちなみに前にも書きましたが「ヤブ」というのは、京都の筍農家が筍を「栽培」する整備された竹林＝筍畑のことです。

4月上旬のこの季節は、一ヵ所のヤブから、ほぼ3日おきに収穫する時期。山上さんは4月に入ると連日、午前中3時間ほど作業をする由。「集中力を維持できるのは、このくらい」と言います。午後は個人客への発送にあてています。

地下に育つ筍が地上につけた「ひびわれ」を頼りに、「ホリ」という特別の農具で、地中に伸びた竹の根のどの部分から筍が生まれているのかを探り、地下茎と筍をつなぐ部分にピタリとホリを当てねばなりません。「ホリ」は、筍を掘る人の目となり、指先にならなければなりません。とにかく集中力が求められます。

ヤブに到着すると「地面のひびわれを捜してください」と言われました。この日の修業は、大地にかすかに刻まれた「ひびわれ」を見つけることから始まりました。

昨年12月、京都の冬の寒さの中で、山上さんはヤブ一面に厚さ5センチから10センチに土を盛りました。ヤブの中は、みごとに平らになっています。はじめのうち、なかなか目に入らなかった「ひびわれ」も、その気になって集中すると、環境に目が慣れるのか、確かにかすかな割れ目が見えてきます。ホリの先で20センチほど土をどけると、筍の先端が見えます。その場所に、竹の小枝で印をつけます。10ヵ所ほど印をつけたあと、ホリを使って周辺の土をかき分け、地下茎と筍のつながった部分を切断して収穫するのです。その繰り返し。

この日は、1時間半ほどで15本掘り出しました。ほかに5本くらいキズモノがありましたが、合わせて8キロ強が私の掘り出した筍。師匠が掘り出した量の3分の1以下。しかも休憩のあとは、私は集中力をなくして5本掘ったのがやっと。一方、師匠のペースは変わりません。この日は、朝8時スタートで、12時に終了。昼食は、山上さんの家に戻り、筍ごはんを食べました。

さて、京都で筍のことを考えている間にも、世の中は民主党政権のもと、日毎にひどいことが発生し続けています。あの政権交代は、こんな連中に「権力」をとらせることだったのか、期待していただけに寂しい気分になります。

私の重大な関心事の一つである宇宙開発について、民主党政府は、日本国憲法の平和の精神を踏みにじる方向へ一歩を進めました。それはJAXA法の改悪です。

東京の友人から連絡が入ったのは、3月上旬。「日本の宇宙研究の唯一の組織であるJAXAについての法律を改悪する動きがはっきりしてきた」というものでした。日本の宇宙開発にかかわる唯一の組織であるJAXA宇宙航空研究開発機構は、その目的に「平和に限る」とあります。この「研究は平和目的に限る」という文言を削除しようというのが今回の動きです。

宇宙にかかわる法律としては、現在、「宇宙基本法」というのがあります。この法律が制定されたのは4年前の2008年。この頃から宇宙開発に「軍事」も入れる動きが始まっていました。この法律では、憲法の平和主義を踏まえつつとしながらも、「安全保障に資するように」という文言が入っています。

「安全保障」という言葉を少し考えてみれば、これが「軍事」を含んでいることは明らかです。つまり、日本の宇宙開発は〝防衛〟という名の〝軍事利用もするつもりです〟というわけです。

本来、日本の宇宙開発は、1969年に国会が〝平和目的に限る〟として決議して以降、その「精神」に基づいて行われてきました。ですから、宇宙科学研究所やNASDAなど3つの宇宙関係の組織が統合され、現在のJAXAが設置された時も、その設置法第四条で、この組織が行うことは「平和目的に限る」として国会決議の精神、つまり日本国憲法の平和思想が反映されていました。

ところが、今回は日本の宇宙開発には「軍事目的もある」ことを条文に含む「宇宙基本法」との〝整合性をとる〟ということで、ＪＡＸＡ設置法の四条にある「平和目的に限る」という文言を削除しようというわけです。

原発事故の問題に気持ちが奪われている間に、私にとって、極めて関心が高い分野である「宇宙」にかかわる世界で、「平和目的」という日本の宇宙科学が発展する上で極めて大切な部分が切り捨てられてしまう状況を迎えたわけです。

ＪＡＸＡで「軍事研究」＝安全保障にかかわる研究が大手を振って行われるようになることを、私が心配する理由の第一は宇宙開発の分野で、何よりも「公開」の原則もまた失われるからです。これは可能性ではなく「確実」にならざるを得ないのです。実際、日本が打ち上げた「偵察衛星」の画像は、原発事故の写真も、日本政府は「必要部署に情報提供している」としていますが、一般国民への「情報提供」は事実上ゼロでした。政府は、情報偵察衛星の性能及び運用状況が明らかになると、今後の安全保障上の情報収集活動に「支障を及ぼす」ことを理由に、国民に情報を「公開」しませんでした。偵察衛星の生産、打ち上げにかかわる費用の累計は、およそ８１８１億円。国民に感動を与えた「はやぶさ」プロジェクトの10倍以上です。

「軍事」となりますと、多くのことが「ヒミツ」とされ、その予算＝税金がまっとうに使われているのかの監視も難しくなるでしょう。このあたりは、すでに防衛省予算の使われ方について、業者との関係などが伏魔殿と見られているように、極めて、いかがわしいものになりかねません。

更にＪＡＸＡで働く科学者、技術者が、「業務命令」として軍事研究に従事させられる可能性も高いのです。この人々の良心にもとることが強いられることもあり得るということです。

かつて、日本の宇宙科学研究所などが、世界的に高く評価されてきたのは、彼らの研究が「平和目的」に限定されると「宣言」され、世界各国の科学者、研究者との自由な交流の場でもあったためと私は考えています。

「科学」は、権力に従属することのない「自由」さの中でこそ、発展の可能性を高めます。一方、軍事は他国に対する「敵対行動」を前提としますから、「機密」性が求められます。

日本国憲法の「平和」の理念は、憲法の改正という国民の判断を受ける前に、これまでも少しずつ「法律」というかたち、あるいは「予算」というかたちで「否定」されてきました。今回、宇宙開発という最も「平和」を前提としなければならない分野で、ＪＡＸＡ法から「平和条項」が削除されるというかたちで、憲法の「平和」の理念は「否定」されようとしているのです。

滋賀県で田圃を借りる

新緑が濃くなる5月の中旬。ようやく田圃を借りる見通しがつきました。友人知人に「どこか田圃を貸してくれるヒト、いませんか」と声をかけ続けた努力が実った感じ。声をかけた学生の一人が、京都市内のＮＰＯのメンバーが、耕作放棄地を農作業「希望者」に斡旋する仕組みをつくっているという話を聞き込んできました。

自分が食べるコメは自分で育てたい、という一種の「こだわり」から、可能ならば今年も自分が暮らしている地域、ないしはその近くで田圃を借りて稲を育てたい、という思いがありましたので、京都に移り住んでからの4ヵ月、筍の修業とともに田圃探しを続けていました。

昨年は、原発事故からの避難先が群馬県の農家だったので、その家主の田圃の一部を貸してもらうのに苦労はなかったのですが、今年から街中に住まざるを得なくなり、アパート暮らしでの田圃探し。

私の暮らしている左京区の一乗寺近辺は、まだまだ農地が残っているのですが、「市街化調整区域」ということで、持主の農家が、どうせ貸すなら思い切り地代を取りたい、という気分が強いようで、農村地帯のような1反あたり米1俵分が相場という借地料では首をタテには振らない様子。このあたりの事情に詳しい友人の話では、2、3坪を1区画として「市民農園」というかたちで貸し出すと、その2、3坪だけで年間数万円になる相場の由。したがって1畝とか2畝借りると、借地料は数十万円になってしまう勘定。農家というより、不動産屋の感覚で農地を考えているようです。

そんなわけで、自宅からバスで行ける範囲の京都市内での田圃探しはあきらめていました。ところが山一つ越えた滋賀県で探すことにしたところ、私の住むアパートから車で一時間ほどの山の中に、圃場整備していない、昔風の棚田が復元されつつある、という話が舞い込んだわけです。調べてみますと、あるＮＰＯが滋賀県は伊香立（いかたち）という地区に、その田圃を確保していることがわかった次第。5月の中旬、学生たちとその地を訪れました。

数年前までは、誰も手を入れなかった耕作放棄地という話でしたが、訪れてみますと、そこはＮＰＯのメンバーによって、すでに復田され、しかも一部にはもう水が張られ、なんとすでに畦塗（あぜぬ）りさえされている田もあるではありませんか。田圃のすぐ近くに京都から大津に抜ける幹線道路が走っているので、必ずしも16年暮らしたあの阿武隈山中のわが家のような「静寂」な環境ではありませんが、車で一時間弱で通えるという距離は魅力です。早速「是非、貸してください」とお願いすることになりました。

夕方アパートに戻って、早速、耕起、代かき、平おし、畦塗り、田植えの日程を予定表としてまとめました。しかし、種モミを持っていないので、苗については誰かの助けを借りる必要があります。

筍の師匠山上義嗣さんに、誰か苗を仕立ててくれる農家をご存知ないかと聞いてみますと、特別なネットワークは別として、京都では一般的には農協で一括して苗を準備している由。苗の量にもよるが、苗箱10箱くらいなら、まだ農協に注文しても間に合うかもしれないという話。そこで山上さんに農協勤めの友人を紹介してもらうことにしました。幸運なことに、数年前まで山上さんが暮らしている大原野地域の支店に勤めていた方が、今は私の住まいの近くの岩倉支店に転勤になっていることがわかりました。

その人に連絡を取ると、10箱くらいなら6月初旬に用意できるとのこと。苗の種類は「ヒノヒカリ」。「ヒノヒカリ」は、京都や滋賀では一般的な品種の一つとのこと。ただし、機械植え用の苗なので、「稚苗だけど良いか」と念を押されました。稲の種モミは、播いてから30日くらいで稚苗として2、3枚の葉が出ます。私が阿武隈で稲を育てていた時は、手植えでしたので、葉が5〜6枚から6〜7枚出た苗、つまり35日から40日くらいの苗を使っていました。否も応もないのが実情。ただちに「よろしくお願いします」ということになりました。これで苗の用意はできました。

一方、大学の圃場ですが、4月中旬に学生たちが植えたキュウリやトマトなど夏野菜の苗の生育は順調で、学生たちが播いたホウレンソウやレタス、赤カブ、ルッコラの種も無事芽を出して、これまた順調に生育中です。

私がこの大学で担当している科目の一つは「大地に触れる」というテーマの「教養課程」の授業。自然とは何か、農作業とは何か、を考えること、そして「実技」としての農作業を通じて感性を養い、大地と人間というテーマに迫ることを狙ったコースです。特にこのコースでは、何よりも「五感」を鍛えることが目標になります。私たちに入力される情報のうち、意識される情報より識域下、つまり「無意識」に入力される情報がはるかに多いわけです。この無意識の世界を、五感を通じて豊かにする現場が「畑」というわけです。

この授業では「自然」という言葉が、明治以前の「自然(ジネン)」という概念が明治以降、ネイチュアという外国語の翻訳語として生まれかわったものであることなどを、学生たちに考えてもらう契機として「種播き」をします。「自然」という言葉の意味のうちで「おのずから発する」を視覚的に会得してもらおうということです。

大学が、このコースのために準備してくれた「圃場」は、土地が肥えた出来上がった〝農地〟ではありません。大学構内の山の中の、大石小石と粘土質の土が固まった、比較的平らな地面。バック・ホーで掘り起こして、バーク堆肥を入れただけの土地。大きな石は業者が取ってくれたものの、まだまだ小石は沢山あります。まともな「農地」になるまでには、大量の有機質を投入する必要があります。先日、地質調査の会社に勤めている友人にチェックしてもらったところ、「極めて酸性が強く、ミネラル分と有機質が不足しているので、土地改良がまだまだ必要」とのレポートが送られてきました。更に「石が多いので、今年はダイコン、ゴボウ、ニンジンなどの根菜類を育てるのは難しいヨ」と言われています。

そんなわけで4月の授業では、1クラス30名前後、午前と午後の2つのクラスの学生に石拾いばかりさせることになりました。育てる野菜に根菜類は入っていません。今年学生たちが育てているのは、葉モノ類のほか、トマト、ナス、キュウリ、トウモロコシ、インゲン、エダマメといった地上で実を結ぶタイプの野菜ばかりです。秋以降は、せめてタマネギくらいはやってみたいところ。そうは言っても、ルッコラやホウレンソウの種を播いて3日くらいで芽を出しているのを見ますと、学生たちは大興奮。彼らが後生大事に肌身離さず持っているケータイで早速カシャカシャやっています。野菜の芽が出たあと、授業のない日も、自分たちが育てている野菜を見に来る学生も出てきました。

殆ど「大地」に触れる機会のなかった学生たちには、農作業する時に履く〝地下タビ〟も、新しい〝経験〟になっているようです。

菜園での対話

伝統行事の多い京都でも、三大祭りの一つである山鉾巡行のあった7月17日、今年の京都の気温は摂氏36度と、体温に迫る暑さになりました。この暑さの中でも、大学構内のあちこちに植えられている大きな楠の若葉は、実にキラキラと初夏の光を浴び心地良さそうです。

「京都の夏は暑いですよ」と言われても、正直言ってタカをくくっていたのですが、連日30度を超す蒸し暑さの中での農作業は、特に風の通らない日のハウスの中など時に「マイッタナ」という言葉が口をついてしまう時もあるくらいの猛烈さです。

それでも、やはり汗をかくのは心地良く、ハウスの中で育つ野菜たちへの水やりや、トマトやナスの芽かきのあと、Tシャツを絞れるほどの汗が出るのは、身体に良いと感じる時間でもあります。

大学内の大型ハウスと、そのそばの露地に植えた野菜たちは、この時期ルッコラやレタス、ホウレンソウなど軟弱野菜はすでに収穫時期を終え、大量に育ったホウレンソウは、その一部を大学の精進料理のコースの料理場に持ち込んでゴマ和えにしてもらい、学生たちとその味を楽しみました。

私が大学で担当している「大地に触れる」という授業は、毎回、育てている野菜たちを「しっかり見る」ことから始めます。そして、完熟した赤いトマトや姿形良く20センチほどに育った胡瓜を見つけた学生たちは、手を伸ばして収穫。この授業では、育てた野菜を食べることも重要な要素と考えています。「味覚」を鍛えます。農具小屋の隅に置いた冷蔵庫に入れて、昼食のサラダ用に冷やす者もいますが、ただちに塩をかけてかじり始める者も少なからずいます。「採りたての味を知ると、店で買う胡瓜がもの足りなくなるぞ」と警告しているのですが、その時は、その時の話と考えているのか、今、本当に新鮮な野菜の味を覚えたいという気持ちが強いようです。

こんなわけで、学生たちは、野菜が育つ姿の美しさばかりか、その新鮮さ、美味しさも知り始めているようです。

当然のことですが、大学の菜園の野菜の生育がすべて順調というわけでもありません。露地で育てているトウモロコシやミニトマト、長ナスや枝豆、ドジョウインゲンが全滅しかけたこともありました。

6月下旬、鹿がやって来たのです。菜園のある左京区瓜生山に連なる比叡山の奥からやって来たようです。

大学のある位置は市の東北、比叡山に連なる山の端。京都市内といっても、左京区も北白川、一乗寺、修学院あたりは、サルや鹿、イノシシのホーム・グラウンドのようで、大学の守衛さんたちの話では、これまで大学の菜園で、こうした獣害がなかったのは不思議なくらいなのだそうです。「鹿のあとはサルが来ますヨ」と脅かされました。

訪れた鹿は、足跡から見る限り、どうやら一頭だけ。しかも、まだあまり大きくなっていなかったらしく、ドジョウインゲンなどは、1メートル20センチくらいから上の方の葉は食べられていません。彼らの食べ方には、実に興味深いものがあります。つまり葉や花、芽は食べるものの、決して茎はかじっていません。獣たちは、残した茎から、また葉が出て来ることを知っているのかもしれません。

阿武隈で暮らしていた頃も、獣の食べかたに特徴があるという印象を受けたことがあります。あそこでは、野ウサギの「被害」でした。ブルーベリーの苗木を植えた時でした。初冬、11月の初め頃、山の食糧が足りなくなる頃ということなのか、野ウサギたちが山から降りて来て、ブルーベリーなどの苗をかじったことがありました。

この時、野ウサギたちが初めのうちかじったのは、苗の先端部分。そして次の日に訪れた時は、茎の部分を中位まで食べ、三日目には、地上部5センチほどを残してすべてという具合でした。

彼らは、一本ずつ根こそぎ食べていくことはないようでした。端から少しずつ「計画的に」

食べるのです。

鹿も、そんな性質を備えているのか、トウモロコシや枝豆やナスも、その日に食べたのは「葉」の部分だけ。残りは、次の日に食べるつもりだったようです。早速、農協で「鹿よけネット」を買いました。

学生たちの反応は「鹿をつかまえて食べよう」というものでした。本来、自分たちの胃袋に収まるはずの野菜を食べたのだから、「食べたヤツ」を食べるのは当然という発想でした。

学生たちは担当する畝に育つ野菜の観察をしたり、手入れをしたりする間、黙々と手を動かしているだけでなく、口も動かしています。「日帰りで東京に行って来ました」と、ある学生が話しかけて来ました。「就活か」と聞くと、「官邸前です」と言います。

毎週金曜日に、永田町の国会前、官邸前に集まる「反原発デモ」に行って来たが、ものすごい数の人が集まっているのに、マスメディアが報じないのは「何故だろう」とも聞かれました。

そこで私は「マスメディア」と呼ばれる「組織」について説明することになります。私は、およそ半世紀前の、私が高校生だった頃の60年安保闘争の最中に、大手の新聞社が「共同」で声明を出したことにも触れます。この時、新聞は揃って学生たちの意志表示としてのデモを「暴力的」であると非難して、「秩序を乱すようなデモは、けしからん」という立場からの批判だったことなど、当時の新聞の姿勢に、高校生の頃から失望した話から始めました。また、私が放送局で働いていた１９６７年頃、デスクから「ベトナム反戦のデモはイデオロギー的だから、取材しなくて良い」と言われたことなどの例を挙げて、日本の大手メディアは、結局のところ、日本の国民が自らの意志をデモなどで表示すること自体「特別のイデオロギー」に染まっているとして好意的ではないことは、昔からだと説明します。その一方、マスメディアは、中東など外国で起こるデモなどは「○○革命」と呼んだり、中国などでの反政府系のデモは、小さなデモでも取り上げること。日本国内で起こるデモは、たとえば最近でも、イラクにアメリカが戦争を仕かけたことに反対して数万人規模のデモがあっても殆ど無視したことなど、過去の具体的ケースを挙げて「反原発の意志表示も、〝イデオロギー的〟として取り上げないのだろう。これは日本の大手メディアの〝基本的性格〟」と説明します。

こうした私の説明に対し、別の学生が「原発推進こそイデオロギー的でしょう。新聞やテレビは、そういうイデオロギーに染まっているのですか」と言い始めたことから、山の中の菜園は、文字通りホットなメディアリテラシーの教室になりました。他の学生たちも農作業の手を休め、私たちのまわりに集まって来ます。

私は、農具小屋にあるホワイト・ボードを持ち出し、ジャーナリズムの役割についてキーワードを書きます。今の大手メディアは「権力の監視」という期待された役割を果たさず、事実上機能不全に陥っているとしか見えないこと、大手メディアは「アジェンダ・セッティング

（議題設置）」という重要な機能があるものの「新しものズキ」という性格から、重要な テーマを継続的に報道するより、よく考えれば大したことない話でも新しい話を大きく取り上げ、事実上、より重要な話を相対的に小さいものにしがちなこと、独自の調査を掘り下げる「調査報道」というスタイルより政府や大企業の「情報操作」の一翼を担うと見られても仕方ない対応をすることが多いことなどを説明しました。

このところの官邸前の反原発デモについて、作家の広瀬隆さんから聞いた話もしました。大手メディアが報じないことを怒っている人々が相当数いるらしく、広瀬さんが東京の城南信用金庫に、反原発デモを空から取材し記録するための「基金」の口座を設置すると、ほんの2週間くらいで900万円のお金が集まった事実。この「基金」は、ヘリコプターを借り上げて飛ばし、霞ヶ関か国会周辺に集まった反原発のデモを空から撮影して、ユーチューブなどインターネット上で流すための資金を集める受け皿になったことなどを話します。

こうした話を学生たちにしますと、テレビではそんな話は出ないから「もっと、そういう本当の話をしてください」と言われます。改めて、時代が（私たちが腰ぬけだったために、ひどい状態になってしまった時代から）少しずつ変わりつつあるのかもしれない、という気がして来るのです。インターネットに押され気味になったマスメディア側の人々が、こうした意志表示の情報を「報道しないと信用されない」と気がつき始めているのかもしれません。

大地を介しての学び

これぞ夏の花という感じで、家の近くのサルスベリが摂氏37度を超す暑さの中で咲いていています。私が住んでいるのは、京都の北。道路で言いますと、白川通りに北大路通りがぶつかったあたりなのですが、この北大路通りの中央分離帯に、数十本のサルスベリが植えられ、それぞれ紅、白、ピンクの花を咲かせているのです。

滋賀県の大津郊外に借りている田圃では、稲は元気一杯。一緒に稲を育てたいと参加している学生たちが「やってみたい」ということで実験した一本植えの株は、分けつが見事。田圃を貸してくれている地元の農家のオヤジさんも「これはすごい」と折紙をつけてくれるほど見事で、早稲ということもあって8月中旬には出穂が完了しました。

田圃の方は順調なのですが、大学内の農園の畑は、7月のシカに続いて、8月になってサルの群に襲われました。

獣たちによる農作物の被害は、阿武隈の山中にいた時は、注意すべきはイノシシとハクビシン、それにノウサギだったのですが、ここ京都では、イノシシ、シカ、サルの3種類が基本のようで、今年はシカに続いてサルの襲撃を受けたというわけです。

前期の授業も終わってホッとしていた8月の中旬。農園管理の当番に当たっていた助手から私のアパートに電話がありました。

「サルにやられました」の一声。飛び出しました。私の住んでいるアパートから農園までは歩いて10分足らずです。

現場は、シカにやられた時よりも悲惨でした。あと一週間ほどで熟期を迎えるはずの50本ほど植えたトウモロコシは全滅。一本一本、きれいに皮をむいて、一粒残らずかじられています。学生たちが楽しみにしていた小玉スイカも、わずか6個を残して十数個が食べられています。食べ方から見ますと、2、3頭の偵察部隊のようです。

一度味を覚えた獣たちが、またやって来ることは、シカで経験済み。どうやらシカ対策のネットの下をめくり上げて、サルたちは侵入した様子です。

とりあえず、残っている小玉スイカ6個を収穫して、鍵のかかる農具小屋に保管。

やはり次の日、サルは、やって来ました。この日は、母親の胸にぶら下がって移動する子ザルまで連れて来ました。

午前9時過ぎ、胸さわぎと「きっといる」という予感とともに農園に向かう坂道をのぼっていきますと、「いるいる」。ボスとおぼしきオスザルは、ハウスのそばの水場近くの丸太の上に座って、私の方を見ているではありませんか。ハウスの屋根にのぼっていたサルもいます。昨日襲われた露地の畑のあたりにも数頭のサルがいる気配。ボスザルに向かって「コラッ」と叫んで、私は突進しました。このサル、なんと私に向かって、カッと口を開けて威嚇するではありませんか。こちらも道に落ちていた5尺ほどの木の棒を握ります。そのまま速度をゆるめずボスザルに突進。こちらの勢いに押されたのか、ボスザルは「ギャー」と声をあげて逃げ始めました。畑のサルたちも、ボスザルの発した一声で森に向かって走り始めます。これは「引け、引け」という合図だったのでしょうか。ハウスの屋根から降りた1頭も走り始めます。

1頭くらい、見せしめに捕まえてやろうと、森に逃げたサルを追って木立の中に駆け込みます。逃げ足の早いこと。こちらも、捕まえるといっても、木の棒で叩きのめすほかない感じ。逃げられました。

サルは、トマトは好きではないと聞いていたのですが、色づいたミニトマトは赤いのも黄色も、すべて食べつくされています。シカに葉を食べられたあと、ようやく新しい葉が育ち始めたエダマメも、実が膨らみ始めたマメを選んで食べていた様子。露地のナスは全滅です。よほど飢えていたのでしょうか。畑の野菜は根こそぎかじられた感じです。これほど徹底的にやられるとは想像していませんでした。

「夏休み中でも、時々見に来ます」と言っていた学生たちに、あわせる顔がありません。

サルに襲われた菜園の露地部分は、悲惨な現状なのですが、ここ数ヵ月、この菜園そのものが学生たちに果たした役割は、私にとって想像以上に素晴らしいものでした。

ここを実習地として4月から始まった授業は、前にも書きましたが「大地に触れる」という教養課程のコース。ここでは、野菜の栽培についての基礎知識と技術、鍬を使っての畝立てや施肥、すじまきの仕方などの基本は指導しますが、農業技術のコースではありませんから、増収するにはどうするかなどは教えるつもりはありません。

目的は、一人ひとりの学生が、それぞれ野菜を育てるという行為を通じ、視覚のみならず、聴覚や触覚、嗅覚や味覚を通じ、授業に参加している数ヵ月に識域下の世界をより豊かにする、ということです。野菜についての一般知識などは本を読めばわかること。大切なことは、この大地の香り、風の音、花の色、空の色を感じるという体験を通じて、学生たちの無意識の世界がどのように豊かになるのかということなのです。

当初は、野良仕事とは別に「日本の自然の多くは百姓仕事が生み出したものだ」というテーマでレクチャーを何回かするか、という気分だったのですが、途中で方針転換。とにかく、農家の仕事、農作業について考えたり想像力を働かせる上での基礎知識が、若い人たちに全くといって良いほど「無い」ことに、2回ほど授業をして気がつきました。そこで、とにかく農園の現場で「〝見る〟ことの重要性」を繰り返し伝えます。「小さな変化が大きな変化を準備中である」ことも強調しました。「神は細部に宿る」という言葉についても説明します。「細部」を注視することは、つまり「違い」について気づくことにつながることでもありますから、そうした「違い」＝差異の発見が、人間の脳にとって新しい情報として「一種の快感として受け取られるはず」と言ってみたりします。

野菜の名前も含め農作業についての具体的な「知識」の無いことについては、本当にびっくりしました。学生たちは日頃食べている野菜が、一体どんな花を咲かせるのかという点についても「ウソダロー」と叫び出したくなるくらい、知らないのです。

受講生のほぼ全員が、バレイショの花を見た記憶がありませんでした。ドジョウインゲンの花を初めて見たという者の数も少なくありません。ナスやキュウリ、トマト、ピーマンなどの花についても、「何となく知っていた気がする」という程度。食卓と、それを育てている「現場」の距離は、何と遠いことか。

苗の定植がほぼ終わった5月下旬、コースをとっている学生全員と個別に面談して、この授業の最後に提出する作品のテーマを話し合います。「この授業を通じて」感じたことなどを踏まえて、自分が具体的に、どのような表現をするのか、その課題を設定することについて相談するわけです。

たとえば、週1回の授業でやったこと、発見したことの記録として作業日誌を細かく書くことや農園でのスケッチ、農や自然をテーマに絵を描いたり、彫刻やオブジェなど何か作品を創り出すこと、映画学科の学生の場合などは農園を舞台にシナリオを書くことなどを、それぞれの課題として設定するわけです。

７月の期末、目標の成果が提出されます。

作業日誌を提出した学生たちの多くは、野菜を育てることを通じ、この期間に、明らかに自分のものの見方、あるいは考え方が「変わった」と感想・総括として書いています。自分の「注意力」「集中力」が変わったと言う学生もいます。

学生たちは、大学入学時に、油絵科とか、立体造形、歴史遺産、空間デザイン、ファッションといった様々の科に分かれます。自分が所属する学科以外の学生との接点が小さくなります。殆ど無いと言うほうが良いかもしれません。しかし、このコースでは、学科と関係なくグループ分けをします。ですから他の学科の学生との接点ができ、新しいタイプの刺激を受けて、いろいろな今まで無かった「気づき」があったと書いている学生もいます。

課題未達成の学生もいました。「大地に触れる」時間は、一緒に作業している仲間との語らいを含め「ずっしり」と重い手応えのある時間になるよう配慮しているつもりですが、当然のことながら全員に確実に、とは必ずしも言えないというのが正直なところです。

さて、９月下旬には、大学の後期の講座も始まります。私が担当している「大地に触れる」という授業は、前期に引き続いて毎週月曜日に行われています。新しい顔ぶれの生徒たちの多くは1年生で、2年生以上ばかりが受講した前期に比べ、彼らはまだ〝高校生〟の雰囲気を残していて、かなり素直な感じがします。

大学の圃場には、夏野菜の名残りであるナス、ピーマン、それにゴーヤとエゴマが残っています。ナスは、夏の盛りに、シカに葉を齧られたものが、9月になって新芽を出し花を咲かせ、見事な秋ナスを稔らせています。ピーマンやゴーヤなど、前期の学生が丹精込めた「成果」を、後期の新人たちが収穫するわけです。

うまく発芽するかどうか心配でしたが、10月上旬も暑い日が続くなど天候に恵まれ、後期の学生たちが播いたダイコン、ホウレンソウ、ミズナ、カブは、いずれも播種から3日ほどで発芽しました。

学生たちには「とにかく、よく見るように」と言い続けています。同じアブラナ科の双葉でも、カブとダイコンの双葉は、大きさも葉のかたちも違います。江戸時代に日本画の画家たちが描いた植物画は、野菜にしろ果実にしろ、実に精密です。スケッチの正確さは、画家として基本技術。対象を、きちんと、正確にさまざまな角度から「見る」ことは、技術を身に付ける上での前提になるはずです。「何となく」見ていて、それぞれの特徴に気づくことはないでしょう。正確に何かを捉えることが、世界そのものの「見方」を変えることにもつながるかもしれないのです。

こんなことを言っていたら、「見方が変わるって、どんなことなんでしょう」と聞かれました。

「僕らの脳の記憶は、かなりいい加減なところがあって、けっこう思い込みも多い。たとえば、昆虫の足が、それぞれ虫の胴体部分のどこから出ているか、たとえば蜂を描けと言われ、すぐに自信を持って描ける人は少ないでしょう。虫を観察していると、昆虫に見えている世界と、私たちが見ている世界が、少し違うことにも気がつくかもしれない。つまり、それぞれが見ている世界が同じ空間であっても、違うことに気づくことにつながるのじゃないか」という具合に、学生たちとの会話は続くわけです。

年齢差50歳であっても、周りが20歳前後ばかりですと、私自身も一気に50年前の気分に戻ってしまうこともあり、年の差を忘れ、つい「ムキ」になってしまう場面もありました。

学生たちが、9月の学園祭に向けて、中に電燈をともすことのできるハリボテの作品を創っているのに出会った時です。作品の一部は、10月になっても大学構内に飾られているのですが、何故そうしたテーマを選んだのかを聞いたことがあります。

宇宙飛行士やイギリスの女王や、昆虫やカエルが、実に見事につくられています。作品の仕上がりそのものについては、確かに「なるほど」の出来栄えという感じなのですが、私にとっての不満は、いずれの作品のテーマも「現在の日本」の現実と切り結んでいないと感じさせられたことでした。

私たちは「3・11」という無残な経験をしました。フクシマ・ダイイチの事故によって、今なお、2012年現在、私自身も含め36万人以上が〝難民〟状態にある〝日本〟が目の前にあるのに、どうして芸術家のタマゴである学生たちの〝作品〟が、そうした日本の現状あるいは世界の現実と切り結んでいるようには見えなかったか、という点です。

3・11に関係するテーマさえ選べば、それで良いわけではないことくらいは承知しています。しかし、若狭湾にある〝原発銀座〟の原子炉に事故が起これば、京都はただちに影響を受ける距離にあります。再稼働した大飯原発の「安全性」は実にイイカゲンに「保証」されたものであり、学生の中には、福島を含め東北関東出身の学生もいます。事故が起これば、ただちに影響を受けるはずの学生たちが、こうしたすぐ近くにある「現実」に立ち向かうような作品と取り組まないでいることは、私にとっては、実に不思議なことでした。

「何を作るのかを決めたのは、誰なの」と訊ねてみますと、「みんなで話し合って……」と言います。私としては黙っているわけにはいきません。「作品」というのは「表現」なのだから、何らかの「主張」があって当然だし、「〝訴えるもの〟がそこにあるのが当然という気がするけど、どうだろう。たとえば〝原発難民像〟にするとか」と聞けば、「でも、これは〝学園祭〟用だから、あまり議論にならないようなテーマが……」と言います。ついカッとして「学園祭なら、それこそ現状を批判するような、問題を提起するような」と突っ込んでしまいました。ピカソが「ゲルニカ」を描いたような感覚、怒り、ベン・シャーンの「ラッキードラゴン」など、沢山の芸術家の例を持ち出します。

この学生、関西出身の由。改めて東北の現状に対する感覚が、関西ではこんなにも希薄なのか、という気がしてしまいます。

もちろん、すべての〝関西出身〟の学生がみんな「こんな感じ」と言うつもりはありません。私の知っているだけでも、何人かの学生は、身ゼニを切って、東京・永田町周辺の反原発デモに「単独参加」しています。

私が気になるのは、この「学園祭だから」という言葉の背景にある発想。つまり、あえて〝政治的〟と見られるテーマは〝避ける〟といった気持ちがあったかもしれないことです。いわゆる「芸術家」のタマゴといわれる学生が、事実上、秩序の側に立つような姿勢を「当然」なこと、あるいは「非政治的であること」が「芸術的」であり「当たり前」という、逆に、こうした極めて「政治的」な立場を守ろうというのでは、原発難民の人々を含め3・11の犠牲者は、そうした「芸術家」を「あちら側」の人たちとして、決して許すことはないだろうと思うのです。

欧州から見れば、中東もアジア

京都の11月は紅葉の盛りです。

私が勤めている大学の構内の樹木は、楠や榊といった照葉樹と松、杉、檜が主体ですが、カエデやクヌギ、ナラといった落葉樹も生えていて、この落葉樹の紅葉が見事。そんな11月初旬に、サウジアラビア王国に行って来ました。

この年の世界宇宙飛行士会議(第25回宇宙探検家協会＝ＡＳＥ年次総会・以下ＡＳＥと略)が、サウジアラビア王国の首都リアドで開かれたためです。今年は世界35ヵ国から95人の宇宙飛行士が参加しました。日本からはＪＡＸＡ宇宙飛行士の野口聡一さんと私の二人が参加。野口さんは、現在ＪＡＸＡ宇宙飛行士室のキャップであり、ＡＳＥの理事でもあります。

ＡＳＥの主催国になれるのは「宇宙空間(地上１００キロ以上)に出て、地球上空を一周以上した人がいる国」ということになっており、サウジアラビア王国からは１９８５年に、サウード国王家の王子の一人、スルタン・イブン・サルマン王子が、アメリカのスペース・シャトルで飛行しています。しかも、彼はＡＳＥが１９８５年12月に創立された時の創立メンバーの一人でもあります。

サウジアラビアと言いますと、砂漠と石油だけというイメージの方もあるかと思いますが、現在、石油収入を国内教育投資に注ぎ込み、将来の「科学技術立国」を目指す国であり、エジプトやシリアなど、かつての中東の「雄」であった国々が、それぞれ国内の混乱によって不安定な中で、「王国」それもイスラムの「雄」として存在感が高まっている国でもあるのです。

世界宇宙飛行士会議＝ＡＳＥの年次総会そのものは、宇宙開発の現状報告を中心に有人宇宙飛行にかかわる現在の情報を、各国の宇宙飛行士が集まり共有することが中心ですが、主催国内で大学生や高校生などに向けての「宇宙教室」の開催も重要な任務の一つになっています。

この会議で聞いた話の中で印象深かったのは、将来の国づくりに向けてのサウジアラビアの意欲でした。サウジアラビア王国の人口２８３８万人（２０１１年世界銀行調査）のうち、８つの総合大学などで高等教育を受けている者の数は政府統計で36万人います。そして、他に15万人の研究者が海外留学中という現状です。

ＡＳＥ総会を主催したスルタン・イブン・サルマン王子の話では、その多くが「科学技術」系の大学への留学なのだそうです。これまで事実上「外国人技術者」に依存していた石油開発の分野を含め、宇宙開発など、国内各分野でサウジアラビア人の技術者を大量に養成し、先進国からの技術移転をすすめようということなのでしょう。人口規模から見て、15万人という海外留学生の数は莫大なものです。

ところで、この第25回ＡＳＥ大会で、今後の宇宙開発にかかわる各国の協力関係に、ほんの少しですが影響するかもしれない動きがありました。

それは、ＡＳＥアジアが結成されたことです。ＡＳＥには、地域別にグループが存在しています。有人宇宙開発先進国のアメリカやロシアには、それぞれ多数の宇宙飛行士が存在するため、ＡＳＥアメリカ、ＡＳＥロシアという組織が85年に設立された当初からあります。４年前の08年には、これに加えてＡＳＥヨーロッパというグループができました。地域別のグループ結成には、宇宙飛行士５人が声をあげれば「必要定足数」として認められます。今回、スルタン王子がアジアの飛行士に声をかけて来ました。総会最終日の朝、日本から２人、韓国、マレーシア、そしてサウジのスルタン殿下の５人が集まり、ＡＳＥアジアを結成することを決め、アジアの他の国々、シリア、インド、モンゴル、ベトナム、そして中国に声をかけました。モンゴルは直ちに賛成。中国も「結成の趣旨には賛成」ただし、参加するかどうかの決定は保留。シリア、インド、ベトナムも「検討してみる」という回答。読者の中には、何故中東がアジアなのかとお思いの方もいるかもしれないのですが、国際的には、サッカーの地域別の区割りでもそうですが、中東もまたアジアです。

アジアは広いのです。

もう一つ、ＡＳＥの会議で興味深かったのは、中国から参加した楊利偉飛行士（中国最初の宇宙飛行士）が発表した、中国の宇宙開発への意欲です。

中国は、この年２機の宇宙機の連続打ち上げを実現し、宇宙空間でのランデブー技術、ドッキング技術をほぼマスターしています。楊宇宙飛行士によりますと、間もなく小型ながら「宇宙ステーション」を打ち上げる見通しなのだそうです。こうした中国の計画は、すでに公表されており、その発表された計画通り、技術開発が進んでいることはやはり驚きです。

中国が計画している宇宙ステーションは、赤道に対して43度ということですから、現在のＩＳＳ国際宇宙ステーションの51・6度と比べ、緯度としては下の方を周回する軌道です。これが実現すれば、宇宙開発面での中国の実力を各国に強く印象づけるであろうことは確実です。

中国については、日本では「尖閣」をめぐる報道などで軍事的脅威が強調されています。しかし、中国については、軍事あるいは「反日」という側面ばかりでなく、他の科学技術面での展開についても、もっと注目したほうが良いのではないかという気もします。

たとえば、環境技術に関する部分です。北京を含め、中国の大気汚染は深刻な状況です。この汚染された環境の改善は、中国にとっては、大きなテーマです。

アメリカの物理学者で、ロッキー・マウンテン研究所の創設者エイモリー・Ｂ・ロビンス氏によりますと（『新しい火の創造』ダイヤモンド社、２０１２年参照）、中国は２０１１年現在、エネルギー消費、電力消費、そして炭素排出量でアメリカを超えています。その一方で環境規制は強化され、発電能力の4割弱と、発電量の15%を2020年までに再生可能エネルギーにする計画もあります。中国が2010年にクリーンエネルギーに投資した金額は540億ドルで、この額はアメリカより60%多く、この面での研究投資もGDPの2・2%にする方向にあります。風力発電、太陽光発電、小水力発電、バイオマス、太陽熱温水器の世界有数のメーカーや主要メーカーが存在するのは、中国なのです。エネルギー効率を高めることを2004年には国家戦略にしたことがあります。結果的には計画達成年度までには目標に達しなかったものの、この時はエネルギー節減目標に達しなかった工場は閉鎖するという手段まで使って、指導部の「本気」さを示しました。

日本でも、2012年暮れの総選挙で「脱原発」もまた「争点」の一つになるはずです。なって欲しいです。フクシマ・ダイイチの事故によって〝難民状態〟に置かれている私としては、日本の有権者が原子力ムラの非人間的な宣伝、洗脳の状況から脱して、正気に立ち戻ることを願っています。本当に「次」が起これば、日本が抱え込む「負の遺産」、そして世界への負い目は、ほぼ1世紀かかっても償えない膨大なものになるのは確実だからです。

第2部

生物の多様性にまもられて　２０１３年

信州中野「元肥(もとごえ)塾」

大陸から訪れる寒気が、日本列島各地に大雪を降らせ、〝爆弾低気圧〟とやらが東京を襲い、首都は大騒ぎというニュースもありましたが、こちら京都は、これまでのところ幸いにして降った雪で大混乱ということもなく、大学構内の菜園では、露地の大根、白菜、ブロッコリーがしっかり寒さに耐えています。

ハウスには、暖房は入れていないのですが、外気温がマイナスになってもハウス内は摂氏2度から5度を保って、キヌサヤ、ソラマメ、ホウレンソウは極めて元気で、大根やタマネギも順調。イチゴも静かに春を待つ、という雰囲気です。

1月中旬、信州は中野市の田中久一・泉さん、越信子さんたちがここ数年続けている「元肥塾」に行って来ました。元肥というのは、即効性の追肥ではなく、有機質を中心に完熟堆肥など、野菜や果樹の「体力」をじっくり育てるための基礎肥料です。地域の農家の人々を含め、援農で訪れる学生たちや、そうした作業に参加したことのある元学生の世界を視る目を豊かにする勉強会、交流会がこの「元肥塾」です。

田中さんのところは、果樹農家。桃やリンゴ、ナシなどを栽培。桃などは30種類以上手がけています。昨年は天候に恵まれて、美味しい桃が沢山採れたそうですが、販売のほうは、と言いますと、山形や山梨など他県との競争が激しく、表情も厳しくならざるを得ないとのこと。

今年の見通しをたずねてみますと「寒気が例年より早く来て」かなり枝が傷んでしまった由。久一さんによりますと、リンゴにしろ桃にしろ、徐々に寒さが来る場合、摂氏マイナス15度くらいでも耐えられるものの、寒さが急にやって来ると、幹が〝もたない〟のだそうです。今年の冬は寒さが「急に」来たので、「不安だ」と言います。樹が打撃を受けたかどうかは、すぐにはわかりません。春になって芽が出る頃に「何かおかしい。……やはり、あの時に……」となるのだそうです。この冬は、桃の樹も梨の樹も突然冷たい風にさらされました。そして今度は雪です。

東京の交通を混乱させた1月の雪は、長野の中野市も襲いました。田中さん夫妻は、果樹の枝に積った雪を、一枝一枝落とさなければなりません。積った雪は、夜の間に凍りついて、枝と枝の間に積った雪は堅い板のようになり、次に雪が降れば、その「面」の部分に雪が積り、重さに耐えられなくなった枝は、太い枝でも折れてしまいます。

枝を揺するたびに、揺する人の全身に積った雪は降りかかります。田中泉さんは、この作業を雪に打たれる〝雪行です〟と言います。

今年「元肥塾」に集まったのは、田中さんの果樹園や須坂の越さんの果樹園、それに福井の山崎一之さん・洋子さんのやっている〝おけら牧場〟に出入りしている学生を含め近所の農家の人々およそ50人。

地元の農家のおじさんやおばさんの他、京都大学や千葉大学、早稲田大学など、果実の採り入れの時などに「援農」に来ている学生たちのほか、社会人、卒業して仕事に就いている人も少なくありません。農業高校の教師や食品関係の企業の研究室に勤務する人や農薬企業、〝おむすび〟屋さんのチェーンで働く人、出版社で編集をやっている人など、いずれも学生時代に〝農〟の世界に縁ができて、そのつながりを貴重なものと考える社会人フレッシュマン、フレッシュウーマンたちです。農家の忙しい時期に手伝いに来て、一緒に食事の支度をして、広い家で雑魚寝して語り合った仲間たちと過ごした時間の手触りは、社会に出ても忘れ難く、こうした集まりがあると「みんな、どうしている」という感じで、あの時の手触りを求めて集まって来るわけです。

「農」にかかわる時間に、自分の〝全体性を回復する契機〟があると感じているからこそ、時間をやりくりして、1泊2日の勉強会に顔を出すのでしょう。

今年のテーマは「3・11」でした。

今年の元肥塾には、ドイツ在住のジャーナリストの松田雅央さんも参加してくださり、「脱原発」を目指すことになった〝ドイツ社会〟について話を聞きました。

フクシマ・ダイイチの事故後、まだ2年も経たないうちに、原発を推進して来た政党が再び政権の座に着くことになってしまった日本の現状を考えますと、何とも腹立たしいのですが、ドイツで人々の意識が変わり「政治」の世界に、原子力発電に対する普通の人々の〝安全と安心〟を求める声が届くために、実に多くの時間と努力の積み重ねがあったことを知ると、ほんの少しですが、日本でも「可能かもしれない」という気がして来るものです。

ドイツでも、いわゆる知識人と呼ばれる人々の多くは、全体としては、かつては大量殺人兵器である核兵器と「原子力の平和利用である発電」は対極にあるという認識だったようです。ところが、原子炉の「暴走」に対する「緊急冷却装置」の信頼性の問題が提起されたあと、変化が起こったそうです。

話はさかのぼります。１９６８年は日本も含め、世界各地で、学生たちの「反乱」がありました。ドイツでは、この時代に〝反乱〟に「加担」した人々を「68年世代」と呼ぶのだそうですが、この人々が、ある時期から核技術は本当に最も「科学的な」技術なのかという問いと向き合い始めたのだそうです。

ドイツでは、日本の成田空港建設反対運動で見られたような激しい実力闘争が原発建設地で展開され、学生と農民が結びつく場面もありました。

日本では「核燃料サイクル」と称して、増殖炉と再処理工場のセットが、いまだに「生きて」いますが、ドイツでは、1970年代の末に放棄されています。これまで何故ドイツで脱原発が目指され、その技術が放棄されたのか、私は理論的帰結、つまり技術的困難と費用対効果ということではないかという程度の認識しかなかったのですが、実は、これもドイツでの激しい反原発運動、地域での活動の影響が大きかったためだったそうです。

1979年と言えば、アメリカのスリーマイル島での原子炉事故が先ず思い当たりますが、ドイツでは、当時計画されていた「ゴアレーベン」に「再処理工場」を建設するという問題をめぐり大論争が進行中で、この問題についてのシンポジウムも開かれていました。この時代すでに核エネルギー推進派が「理論的」にも、反対派に圧倒される状況になったとみる人もいたそうです。

1980年代になると、ドイツではヨーロッパに中距離ミサイルを配備する計画に反対する運動が盛り上がり、原発反対と反核兵器が結びついた時期でした。緑の党という「環境」問題を掲げる政党も誕生しました。

こうして反原発の運動が、反核兵器と結びつきを始めた頃、チェルノブイリの事故が起こったわけです。ドイツにも放射性物質が降りました。〝原発〟は、他人事ではなくなったのです。

実のところ、ドイツの反原発運動の歴史をチラッと聞いただけでは、ドイツで可能なことが何故日本では難しいのか、どうすれば良いのか、という課題に、すぐに答を出すことができるようなヒントは見つかりません。

私にとってのヒントは、もっと、もっと学ぶ必要があるナ、というレベルにとどまっているのですが、こうした話を若い「農」に関心のある人々が、実に熱心に聞き入っていたことが、希望と思えるのです。

〝希望〟の種

大学の構内にある畑は、1月下旬から2月にかけて、5日に1度は降る雨や雪で、土がしっとりとしています。群馬の友人が「これは良い」と言って分けてくれた「気温が摂氏5度以下でも発芽する」というホウレンソウの種を試しに播いたところ、早朝の気温は連日、摂氏零度前後だというのに発芽しています。ホウレンソウは低い温度には耐性があるとは聞いていたものの、この寒さの中で発芽するとは驚きです。聞いてみると、欧州系の種なのだそうです。

昨年秋に定植した白菜が結球しなかったので、農協の友人に、結球しなかった原因として考えられる理由を聞いたところ、「京都周辺では、白菜は〝遅くとも9月上旬に種をおとさないと結球しない〟ので、種をおとす時期が遅かった」のではないかと指摘されました。確かに「種をおとした」のは9月の下旬でした。この辺りでは、種を播くことを「おとす」と言うようです。今年は、8月下旬に白菜の種を「おとして」みるつもりです。

「たね」と言えば、2月17日に、京都で、インドの環境運動家ヴァンダナ・シヴァさんとエネルギー効率についての研究家エイモリー・B・ロビンスさんの話を聞きました。お二人とも私たちに希望の種を播いてくれます。

私が暮らし始めた京都では、ここ数年「府」の活動として、「地球環境にかかわる目覚ましい活動をした人」を京都に招いて〝表彰〟するとともに、府民がこの人々の話を聴く機会を設定しています。これまでも「もったいない」の日本語を世界語にしたことで知られる、ノーベル平和賞受賞者でもあるケニアのワンガリ・マータイさんや水俣病の原因追求の第一人者の原田正純さんなど８人が「表彰」されています。

２０１３年に表彰されたヴァンダナ・シヴァさんは、インドで森林伐採に抵抗する女性を中心とした住民運動に関わった人物として知られ、アメリカが知的財産の保護という名目で推進している植物〝種子〟の特許による囲い込みに反対する活動の指導者としても有名です。

シヴァさんは、この日の講演でも、生命は人間の〝発明〟ではないという事実を前提に、生物がそれぞれ相互依存する多様性は人類共有の財産であり、アメリカの企業が〝特許権〟の名のもとに世界各地で様々な〝種子〟を自分たちの〝商品〟にしようとしていることについて、これは〝海賊行為〟にほかならず、つまり〝犯罪〟であると非難しました。

シヴァさんは、そうした海賊行為の具体例として、インドで昔から「薬」として使われてきた「ニーム」という植物をアメリカの企業が〝殺虫剤〟として特許を得たこと、あるいはグルテン量の少ない小麦の特許、トウモロコシや綿花、コメや大豆のケースを挙げています。

ニームは、反対運動の結果、インドでの裁判でシヴァさんたちが〝勝訴〟したということでしたが、ゴールデン・ライスというタンポポの色素を組み込んだコメの特許について、インドの裁判では勝訴したものの、フィリピンでは、まだ企業の活動が続いていることなどを指摘していました。

アメリカでは、こうした〝遺伝子の一部を組み換えた植物・生物〟に対する〝特許権〟が認められているわけですが、これについて、シヴァさんは何よりも「生物は、バラバラに存在しているのではなく、相互に依存する多様性」によって存在するものであること、人間が作った〝法〟を超える「倫理」があることを指摘した上で、昔、イギリスがインドを植民地にしていた頃の話をしていました。

人々の暮らしに不可欠な塩の販売を独占することを狙ったイギリスが〝インドで塩を生産してはいけない〟という「法律」を押し付けようとした時、インドの人々は〝自然が塩をつくった〟と、この法を無視する運動を展開し、この法律を事実上なくしてしまったことがあったそうです。

これは、私たちにとって国家や大国によるシステムが作る「制度」や「法律」とは何かを考える上で、重要な点でしょう。現在、私たちが優先すべきことは何か。生命であり、その生命が相互にからまり合っている多様性の尊重こそが、最優先されるテーマであり、「倫理」であるということなのです。

エイモリー・B・ロビンスさんは、１９８２年にアメリカで、地球環境問題を研究する「ロッキーマウンテン研究所」を設立。研究所の仲間とともに、エネルギー利用の効率化、石油、石炭など化石資源から再生可能なエネルギーへの転換に関わる研究、更には生物の多様性を前提とした〝エコシステム〟の重要性などの研究をしてきたことで有名です。特に、電力などの合理的な供給システムである〝スマートグリッド〟というアイディアは、このロッキーマウンテン研究所の名を高めた提案の一つです。

ロビンスさんは、この日の講演で、ビートルズのジョン・レノンの名曲の一つ「イマジン」のように、〝イマジン〟(想像してみよう、想い浮かべてみよう)を繰り返して、現状が極めて絶望的であり、私たちが期待するような未来がないように見えても、決してあきらめずに、そうあってほしい状況を想定し、それに向かって「実践」することこそ、現在求められていることなのだ、と強調していました。

ロビンスさんはまた、何よりも生物の多様性やエコシステムを理解することの重要性を指摘した上で、昔人類が犯した愚行の例として、こんな話をしていました。

ＤＤＴという殺虫剤から話が始まります。

ＤＤＴという強力な殺虫剤については、現在は使用が禁止されていますが、アメリカで１９７０年代のはじめ、生物学者のレイチェル・カーソン女史が〝沈黙の春〟というレポートで、その有害性を訴えた時、製薬会社をはじめ、その道の専門家といわれる学者たちから、袋叩きにされた事例を記憶されている方も少なくないでしょう。

ロビンスさんは、1950年代、ボルネオでマラリアを撲滅するため、DDTが大量に散布されたケースと、その結果の話をします。

DDTの散布のあと、この地域の家屋の屋根が次々と崩壊する事態が発生。原因は、草を葺いて作っていた屋根に、ケムシの一種が大量発生し、これが屋根や柱を食べてしまったためでした。大量発生の原因は、このケムシの一種を捕食するハチがDDTによって全滅したためです。屋根を草からトタンに換えたものの、今度はネズミが大発生。理由は、草の屋根に住んでいたヤモリが、トタン屋根では暮らせず、大移動。このため、この地域でヤモリを捕食していたネコたちもこの地で激減。従ってネズミの天国に。このため、イギリス軍がネコ1万4千匹を、この地域に「パラシュート降下」させた……というケース。ネコ投入については、正直言って、ホントカナ、という気もしますが、ハチから始まる生態系の破壊はさもありなんという気もします。要するに、隠れた関係を洞察する想像力の問題ということなのでしょう。

講演の終わり近くにロビンスさんが、アメリカ公民権運動の指導者、マーチン・ルーサー・キング牧師が述べた言葉として引用した「平和とは、戦争がないことではない。正義が存在することだ」というステートメントに改めて「日本は平和か……」と考えてしまいました。

歴史の追体験

京都の大学で若者たちと顔を突き合わせる暮らしを始めて、この3月で一年になりました。4月から、また新しい学生たちと共に学び始めることになります。

若い人たちと接するということは、前にも触れましたが、実に、半世紀前の自分と対面する感じでもあります。一見、いかにも幼い様子振舞をしていても、これはひょっとして、こちら70歳の老翁の反応を探るための〝術〟の一つかもしれないなどと思いながらの一年でした。記憶を辿ってみますと、半世紀前の私自身も、多少背伸びはしていても、実態はこんな風に無邪気だったのかもしれないと感じさせられる場面も少なからずあり、実に貴重な一年でした。

昨年、京都の隣の滋賀県は大津の山あいに借りた棚田で一緒に稲を育てた学生たちは、いずれも4年生だったので、みな、この3月に卒業しました。この学生たちのうち3人は、この田圃での経験を基にして〝稲〟や〝農作業〟をテーマに〝卒業制作〟として作品を仕上げ、いずれも大学から「瓜生山賞」という〝賞〟をいただくという評価を受けたことは、一緒に同じ田圃で働いた者としては喜ばしいことでした。改めて〝田圃の力〟〝野良仕事の力〟を実感しています。

さて、次は何をやってみようかと思案していた昨年の初冬、来年4年生になるファッション専攻の学生Mさんから相談を受けました。

〝木綿〟をテーマにした卒業制作を考えているのだけれども、「綿花」をこの大学構内で栽培するのは可能だろうか、という相談です。どうやら「衣服」という世界を、デザインという形だけでなく、人間の労働の歴史、手仕事の世界を追体験することを通じて捉えたいということのようです。

「ウーン、綿花かぁ……」という気分。綿花を育てた経験は、私にはありません。

相談を受けた日、自宅に戻ってから書棚を眺めていると、目に入った1冊の本。農山漁村文化協会が発行している日本農書全集の1冊、『農具便利論』に納められている大蔵永常の「綿圃要務」です。以前、昔の農具について調べた時に「農具便利論」を読むために買った同じ本に「綿圃要務」も入っていたのです。これが役に立ちそうです。書棚から取りだして、綿花栽培についての問題点を整理します。

先ず、京都周辺で、木綿やその栽培について知っていそうな人を訪ねる必要があります。そこで思い当たったのが吉岡幸雄さん。

吉岡さんの家は、江戸時代から続いている「染屋」さん。染司「よしおか」のノレンを守る五代目。昔ながらの様々な染料を使い、平安、奈良の色を再現する技術を持っている人として知られています。吉岡さんとは、昔ある雑誌で対談したことをきっかけに接点ができました。その後、彼の工房を訪ねたり、20年ほど前に私が農家になったあと、彼から渋柿で染めた作務衣をいただいたことなどもありました。そんなこともありましたので、木綿や綿花についても相談に乗ってくれる可能性は高い、と考え、早速、伏見区は向島に住む吉岡さんに電話。春になったら彼を訪ねることにしました。

以前、吉岡さんの工房を訪ねた時に「インド更紗」の話を、かなり情熱を込めて話していたことも思い出しました。木綿は、今でこそジーパンやTシャツで普通の日本人にも馴染み深い素材ですが、日本で綿花が本格的に栽培され始めたのは、江戸時代のこと。当初は、木綿は「南蛮貿易」を通じてインドで生産され、インドで染められた〝インド更紗〟だったことなど話してくれたことが、記憶の糸を辿るうちに思い出されてきます。

3月は、奈良の東大寺のお水取りの行事に関連する仕事に、吉岡さんはかかっているとのことで、大忙しという様子でしたが、久々の再会を喜んでくださったようで、いろいろと話を聞くことができました。

吉岡さんの話では、京都市内にも、どうやら綿花を栽培している人がいる様子。Mさんの卒業制作のための大学での綿花栽培への道は閉ざされてはいなかった感じです。

綿の「木」の栽培は、気候的には暑い地域が適しているのですが、吉岡さんによりますと、京都周辺でも問題なく可能な由。課題は「種」の入手ですが、これはインターネットでも入手可能ですし、吉岡さんの友人を訪ねることもできそうです。

綿花栽培の大体の手順としては、ポットに種を播き、発芽した苗を1ヵ月ほど育てたあと、気温が摂氏20度を超える時期、5月下旬に定植。畝高は60センチくらい、畝間は1メートルくらい。マルチという地温保持、雑草防止の対応をしたほうが良さそう。8月から9月にかけて花をつける由。収穫は9月下旬になるわけです。

この栽培手順なら、4月から始まり9月に終わる大学の暦である前期に「農」の授業を受講する学生たちも、この綿花栽培に参加できそうです。卒業制作を布としての「木綿」に軸足を置くMさん以外にも、「歴史遺産」としての綿花栽培という文脈で、興味を持つ者もいるかもしれません。

ちなみに、大蔵永常が書いた「綿圃要務」は江戸中期の天保4年に出版されており、「我国綿の作り方を詳しく記したる書也」と添え書きしてあるように、当時の日本各地の綿花生産の様子や、見事な挿絵とともに実にわかりやすく綿花について書かれた書物です。

永常によりますと、綿作は「大和の国で最も早く始まり、それより河内・山城・摂津・和泉の国々が熱心となり」とありますから、京都、つまり山城の国では、綿花栽培は比較的早い時期から行われていたということになります。

「綿圃要務」に目を通しているうちに、昔読んだ「劇画」を思い出しました。白土三平の「カムイ伝」です。あの劇画には、百姓正助が綿花栽培に取り組む場面が描かれていました。彼らが試行錯誤のあと、ある日「ポッ」と音を立てて綿の花が開く場面は、実に感動的でした。カムイ伝は、神田の青林堂という書店から発行された「ガロ」という雑誌に、１９６０年代の中頃から70年代にかけて、その「第1部」が連載され、私も「ガロ」は創刊号から買い始め、あの時代を記録する「資料」として「カムイ伝」が連載されたほぼ6年分をすべて今も持っています。原発で難民となったあと、阿武隈の家から運び出した書籍類と一緒に、確か「重要書類」として持ち出しているはず。ダンボールに入ったまま残っているはずです。この劇画カムイ伝も「綿花」と向き合う上で参考になるかもしれません。

日本の綿花栽培は、江戸時代から明治の初期にかけて各地に広がったものの、明治29年に輸入関税が撤廃され、外国の綿花が大量に流入するとともに消滅したという歴史があります。明治の初期といえば、文明開化「開国」の時代。アメリカやイギリスなど西欧各国と結んだ不平等条約によって、様々な国内産業が消滅した時期です。第三の開国といわれるＴＰＰに直面する現代の日本で、かつて開国とともに消滅した綿花の栽培を、この京都で試みるのは、何かの因縁かもしれません。学生たちに伝えることは沢山ありそうですし、とにかくMさんの卒業制作に協力することは可能な見通しです。

「内部被曝」の検査結果

大学の農園で育てている夏野菜の苗に水をやりアパートに戻りますと、福島でリンゴとブドウを栽培している果樹農家の友人から留守電が入っていました。

何事かと電話をしますと「内部被曝の検査結果が出たのだけれど、セシウム137が290ベクレル出た。どう思う」という質問。私も一昨年の2011年6月に、ロシアのモスクワで内部被曝の検査をしてもらい、セシウム134と137、そしてカリウム40に汚染されていると言われた、それ以上汚染されないように、水と「食物」には注意している、アナタも注意するほうが良い、としか言えません。

福島県では、昨年2012年10月から消費税込で3150円の測定料金を払うと「内部被曝」の有無を調べるホールボディカウンターによる検査が可能になり、友人も4月下旬に福島県労働保健センターで測定してもらったのだそうです。

私が「恐らく、検査結果の文書には大したことない、大丈夫と書いてあるんじゃない」と訊ねますと、「うん、あるある。〝あなたの体内の放射性物質の測定結果から、1年間日常的に摂取することにより受けると思われる線量は約1ミリシーベルト未満と推定しました〟と書いてある」と言います。この「判定」は、外からの被曝線量と内部からうける被曝を意図的に混合しているとしか見えません。

私も、自分が内部被曝していることを数値で確認した時は、何ともイヤな気分になりましたが、友人も、恐らく、不快な思いになっていたことでしょう。原発事故による内部被曝という〝不快〟なだけでは済まない何らかの健康被害発症の可能性が高い検査結果に、改めて、東京電力と原子力ムラ、そして政府への怒りの炎が燃え上がります。

「オレは、もう年だから……」と福島に残って果樹農家の暮らしを続けている我が友人も、自分が汚染されている事実を数値として知らされたことにはショックだったようです。私としてはとりあえず〝被曝〟について説明することにしました。

外部被曝は、宇宙からや大地からの自然放射線といわれるものの他に、X線やCTなど医療を受ける場合の電磁波による被曝があり、一方、放射性物質を体内に取り込んでしまった場合、身体の臓器や器官の細胞が取り入れた放射性物質の粒子線などで影響を受ける内部被曝があること。内部被曝の場合、放射線の影響距離は短くても、継続的に影響を受けることが問題で、これが免疫の衰えやガンなど、深刻なダメージとなる可能性があり、政府の「大丈夫」宣伝を信じない人々の間で重要な問題とされていることなどを話しました。

そして、外部被曝についていては研究が多く、特に日本の広島、長崎の原爆の影響調査を基にした研究があるものの、核戦争でどのくらい生き残れるのか、あるいは原発を推進するため、どのくらいの線量から明らかに危険な量になるのか、という方向からの関心だけに、注意が必要であること。肝心の内部被曝については、すぐに因果関係があらわれ難いこともあって、これまで、あまり研究はすすめられてこなかったこと。現在の日本の放射線研究の業界では、内部被曝や低線量の被曝の影響について、重要視しない立場を取る人々が主流と言われており、福島の医学「関係者」も、恐らく、その立場の人々が多いと見られること。ホールボディカウンターによる検査も、その身体が、たとえばセシウム137に汚染されていることを測定できても、それが身体のどの部分にあるのかまでは、厳密にはわからないこと。更には体内に侵入したセシウム等の物理的形状によっては、体内からの代謝による放出が通常のセシウム等の生理的代謝よりも長く体内に残留する可能性もあるという研究結果もあることを伝えました。

福島の友人の話では、福島の市民がホールボディカウンターによる測定を受けられるようになったのは、昨年2012年10月から。検査はアメリカのキャンベラ社製の〝ファストスキャン〟という機械を使い、測定は2分くらいで済んだとのこと。その前に震災時の〝行動〟〝食生活〟についての問診があり、身長、体重の測定、GM管式サーベイメーターで体表面の汚染の検査。このあと「ファストスキャン」にかかるのだそうです。この結果、汚染されているのか、いないのか、汚染されているとして、どのくらいなのかがわかるというワケ。

これで3150円は安いのか高いのか。

この内部被曝については、岩波書店の雑誌『科学』(2012年6月号)に、北海道ガンセンターの西尾正道院長が、大変わかりやすい記事をお書きになっているので、それを読むと良いのでは、とも友人に伝えました。

西尾院長は、現在の被曝線量の測定の手法は、外部と内部を足し合わせることが防護上便利であるという考え方から行われているため、これでは、実際には局所的に深刻な影響があっても、「換算された線量の数値が極めて低いものになってしまい、影響を、事実上評価できなくなってしまう」という問題を指摘しています。

また、内部に取り入れられると放射性物質からの影響は持続的になり、それが低線量で、アルファ線やベータ線など影響の範囲が短いものであっても、その近くの細胞が継続的に影響を受けることになる。外部から受ける電磁波(光子線)であるエックス線やガンマー線の影響と同等に扱うのはおかしい、ということも西尾院長は言っています。

こうしたことから、外部被曝の場合に採用される1キログラム当たりのエネルギー値として評価する手法は、細胞レベルの影響の問題を解析する上では無意味なくらい、当てはまらない、と西尾院長は言うのです。

この低線量の「放射線」の「安全」論については、宗教学者の島薗進先生が、河出書房新社から『つくられた放射線「安全」論――科学が道を踏みはずすとき』(2013年)という本を出版しており、何故、多くの日本の放射線学者が福島の状況は「大丈夫」と言い、特に低線量の被曝が「心配いらない」と言う論調が多いのか、について知る上で、実に貴重な本であることも、我が福島の友人に伝えておきました。

島薗先生は、放射線健康影響の専門家とは、どういう人たちで、どのような根拠に基づき、どれほど確かなことを言ってきたのかを、実に丁寧に調べています。

その結果「1980年代後半から、原発推進に都合が良い、低線量放射線は安全であると示すための研究がすすめられ、90年代以降、放射線の影響そのものより、放射線への不安こそが被害を招くという言説が広められてきた。何故、どのようにして、そんなことが起こったのか」。これが、この本のテーマ。

私たちは、病気や健康の問題について、他人のことなら、割合冷静に考えられるのですが、自らの身に降りかかりますと、つい、思考停止、いわゆる「専門家」に「おまかせ」してしまう傾向があります。ところが、フクシマ・ダイイチの事故は、その「専門家」なるものが、いかにイイカゲンな連中であったのかを白日の下に晒しました。

ですから、放射線の専門家の多くが、そうしたムラに今も所属していることを忘れず、被害を受ける人々の立場から研究をすすめている信頼できる人物は誰かを見定める時なのです。

「沈黙の夏」が来るかも

京都市の東の端を走る白川通りに面している瓜生山の大学は、その背後の森が、そのまま比叡山に続いていることもあり、この若葉の時期には、ほぼ連日のように鹿がキャンパス内に姿をあらわしている気配があります。

気配と言ったのは、畑の周辺の松林の各所に、その足跡が見られるからです。前の日に雨が降った朝など、畑の周囲に張り巡らしてある「鹿よけネット」の近くには、湿った大地に、かなりはっきりと足跡を刻んでいます。

昨年は、この高さ3メートルほどの「鹿よけネット」で防御していなかったため、インゲンやエダマメなど、露地で育てていた野菜たちは、鹿に囓られてほぼ全滅しました。

今夏は、まだ被害を受けていません。

昨年は、サルの被害も受けましたので、今年は、鹿よけネットの内側に「猿よけネット」も張り巡らしました。サルがやってくるのは、ナスやトウキビがもう少し育った頃と予想していますが、大学の近くのファミリーマートの店先に並んでいた果実が「サルに盗まれた」という最新情報もあります。猿よけネットは、ネットのビニールが細く柔らかく、サルがよじ登れないほどフニャフニャだという点がミソ。果たして、サルたちの襲来を今年は防ぐことができるのかどうか、乞うご期待といったところ。

卒業制作の素材として使うために4年生のMさんが育てている木綿と紅花も、連日の水やりが功を奏し、3週間以上も雨が降らない京都ですが、こちらも生育は極めて順調です。

そうは言っても、心配のタネはつきません。今年は、キュウリやカボチャなど、花が沢山咲いている割には、昆虫が殆ど飛んでこないことが気になります。昨年は飛び回っているのを見かけたマルハナバチなど、全くといって良いほど見かけません。暑すぎるせいなのか、とも思いましたが、ひょっとしてカメムシ対策で、日本でも広く使われるようになったネオニコチノイド系の農薬の影響が拡大しているためかもしれません。

ネオニコチノイド系の農薬というのは、人間の中枢神経系にも影響する有機リン系の農薬のかわりに「虫だけに作用する」ことを売りにして、日本でも広く使用されている農薬です。

EU委員会は、2013年5月24日、ネオニコチノイド系の3種類の農薬の使用規制を採択しました。使用規制が始まるのは、今年の12月からで、規制対象は「クロチアニジン、イミダクロプリド、チアメトキサム」の3種です。

日本で使われている農薬の危険性を指摘し警告を出し続けている「反農薬東京グループ」が出している『ミツバチは農薬が嫌い』という小冊子によりますと、このネオニコチノイド系農薬が各地で使われるようになるにつれ、その地域でミツバチの大量死が目立つようになりました。恐らく、他の昆虫も大量死しているのでしょうがミツバチのように飼い主がいるわけではないので、その状況を把握しようとする人はいません。

まだ福島で椎茸農家をやっていた2005年に、岩手県で養蜂をやっている友人から、飼っていたミツバチが大量死した話を聞きました。これは、ネオニコチノイド系のダントツという農薬との因果関係が突き止められたことで、JAが「養蜂家に見舞金を払うことになった」というケースでした。この時の決め手は、ミツバチの死骸から、ダントツという商品名がついている農薬成分のクロチアニジンが検出されたことでした。クロチアニジンは、ネオニコチノイド系の農薬成分の一つで、この5月に、EU委員会が規制をすることに決めたネオニコチノイド系農薬3種類の一つに入っています。

この時、農薬が散布された場所は田圃でした。水稲用です。なぜ水稲用に使われた農薬がミツバチに影響するのか、という理由ですが、ミツバチは田圃に来て水を飲むからです。飲んだ水は巣に持ち込まれ、ミツバチの幼虫用に集められたハチミツを薄めるために使われます。水田の水がネオニコチノイド系の農薬に汚染されていれば、ハチの幼虫にも影響するわけです。

日本の果樹栽培の殆ど、たとえば、リンゴやイチゴ栽培はミツバチなしには成立しません。実をつけるための交配は、ミツバチによって行われます。果樹農家にとり、たかがミツバチではないのです。

ヨーロッパで、今回、ネオニコチノイド系農薬の規制が、2年間という試験的なものであれ、実施されることになったことは、ドイツが脱原発を目指す決定をしたことと同じくらいの重要性があると私には思えます。

こうしたEUの決定で、一番望ましい日本への影響は、ヨーロッパでの研究成果に基づき日本でもネオニコチノイド系農薬の使用規制が行われることです。日本では、野菜や水稲ばかりでなく、松枯れ対策にも、このネオニコチノイド系の農薬が使われているそうです。ヨーロッパでの使用をはるかに上回る量が日本で使われ、日本の自然が汚染されているからです。

繰り返しますが、ハチに害があるということは、すべての昆虫たちにも影響があるということです。昆虫の総量が減ってしまうことは、虫たちをエサとする鳥たちも減少することになります。生態系の破壊連鎖が続くということです。

ネオニコチノイド系の農薬の問題点については、生態系の破壊ということのほか、これが果実や野菜の表面に残留することや「浸透性」、つまり、作物全体に広がる性質を持っていることだとも言われています。実の内部に浸透した農薬は、表面を洗ってもその成分が消えるはずはありません。従って、残留基準をより厳しくする必要があるということです。

残念ながら、日本の農薬の残留基準は、ヨーロッパなどに比べ、はるかに甘いのです。更に深刻なのは、本当に「昆虫だけに打撃を与え、人間には影響ない」と言えるのかどうか、ということです。ネオニコチノイド系農薬が打撃を与える対象になる神経伝達物質は、昆虫だけが持っているわけではなく、人間の細胞にも存在しています。ですから人間に影響を与える可能性も高い、と考えるのは、論理的には当然のことのはずです。

農薬の世界にも「原子力ムラ」と同じような構造の「ムラ」が存在している可能性は強く、つまり、「産・官・学」の連携で、消費者・一般国民の健康よりも自分たちの「利益」を守ろうとする体質は存在するということです。

すでに、日本の国土の多くの地域は、フクシマ・ダイイチの事故で「死の灰」に汚染されています。比較的その「死の灰」による汚染が少ない地域でも、農薬による汚染が拡大しつつあることに政府が何もしないとすれば、日本国民が、実験動物にされているという意味では、フクシマの住民たち、子どもたちと大きな違いはありません。

いわゆる、その道の「専門家」と称する人々は、将来、悲しい事態が発生しても、あの時点での〝知見〟では、〝予想〟できなかったと、責任逃れの発言を繰り返すでしょう。正直言って、ヨーロッパ連合の農家が羨ましいという気分です。

木綿の花を初めて見る

大学の授業は7月末には前期が終了し、後期が始まるのは9月末になります。教室での講義だけというコースの担当なら、この間は大学に来る必要が無い夏休みということになるのでしょうが、農作業場をあずかる身としては、そうはいきません。

後期のコースが始まるまでに、夏野菜の後片付けや、圃場の整備、秋野菜の苗の準備が必要になります。白菜などは、8月中に播種しなければ、冬までにうまく育たないでしょうし、ハウス内の土を掘り返して真夏の光を当てて日光消毒する必要もあります。

熱中症に注意、と言われますが、暑い盛りのハウス内は、時に摂氏40度を超えます。体温より高い気温。しかも湿度も高い環境で身体を動かすのも仕事の一部、給料のうちですから、仕方がないと言えば、仕方がありません。

昔、福島の阿武隈山中で百姓をやっていた頃、自分がこの世におさらばする状況を夢想したことがありました。その時考えたのは「農作業中の死」でした。

その時考えた「死に方」のイメージは、季節はものみな枯れる冬が舞台。それも初冬。雪が降りかかる中椎茸栽培用の榾(ほだ)木を運んでいる最中に脳の血管が切れ、そのまま意識を失って倒れます、その身体の上に雪が積り、その寒さの中で昇天、というシナリオでした。

この暑さの中で作業をしていますと、熱中症という別バージョンもあるかナ、という気もしてきますが、そう簡単に昇天してなるものかというのが、もちろん現在の本音です。なにしろ、東京電力をはじめ自民党や通産官僚といった「原子力ムラ」が元気に復活している現状があり、〝一矢報いずして〟死に切れない、彼らの7代後の子孫まで祟ってやるという気持ちに、いささかも変化はないからです。

大学が夏休み中に私たちが予定している作業には、木綿や紅花、蓼藍の世話もあります。この植物たちの世話は、今年4年生になった学生Mさんの卒業制作にかかわることです。

前にも書きましたが、私が担当する「大地に触れる」という授業を取った学生の一人が卒業制作の目標として綿花を栽培してワタを採集し、それを紡いで糸にして、更にそれを織って布をつくり、更にそれを素材にして服を作るという計画を立てたのです。

「どうでしょう」と相談され、無謀にも「面白そうだね」と話に乗った以上、暑い寒いなどと言わずにすべての過程にかかわり最後まで付き合うほかありません。

その学生のために、大学構内の山の斜面の荒地を開拓して造成した細長い圃場には、7月末現在、60株以上の木綿が花をつけています。初めて見る木綿の花は、何とも可憐。

播いた種は、学生が探して来た「真岡」と「河内」という2種類の日本種、それに「アップランド」という西洋種です。5月初旬にポットに種を播いて、6月中旬に定植し、7月中旬から花が咲き始めたわけです。

今年は、6月中の気温の上昇が木綿には良かったのか、生育は順調でした。そうは言いましても、花をつけた時の草丈が60センチくらいという育ち方が本当に順調なのかは、少し不安ではあります。

一株に下の方から花が咲き始め、花の姿はむくげに似ています。色は「真岡」や「河内」といった日本種は花弁が黄色っぽく、メシベを囲むようにエンジ色が花弁についています。「アップランド」の花は、クリーム色っぽい白と、薄紅色のピンクの2種類。同じ木綿のはずなのに、なぜ花弁の色が違うのか。種を準備したMさんも首を傾げます。朝開いたあと、花の可憐さから見て、夕方にはしおれてしまうものと思っていましたが、夕方に一度花弁が閉じたあと、翌朝再び開いている花もあります。

花が咲いたあとも草丈は伸び続けています。花が咲く前のことです。草丈が30センチくらいに伸びた時、一時大量のアブラムシがつきました。何らかの障害が出るのではないかと不安でしたが、どうやらアブラムシの天敵たちも発生しているらしく、彼らが処理してくれた様子でした。7月末からは、水やりを絶やさないようにして綿花のはじけるのを待つわけです。

山の畑では、紅花と蓼藍も育てています。この染色用の草花の世話も夏の間の作業。

紅花は畑とハウスに植えた約150本からおよそ50グラムの花弁を集めました。50グラムはこれは干した花弁の重量です。

紅花は5月に入ってから種を播いたにもかかわらず、6月下旬には花をつけました。かなり成長が早い感じです。しかし、このあとの手間は苦労しました。

紅花は、古く平安時代から日本でも栽培され、江戸時代も貴重な染色や化粧用の〝紅〟の素として日本各地で育てられていました。

紅花から「紅」の色素を取り出す作業工程は、こんな具合です。

花弁は、黄色が赤くなる頃に手で摘みます。すっかり赤くなった時には、乾燥が始まっていますから摘み難く、開花して2日目から3日目頃が摘むにはちょうど良い時。摘んだ花弁は乾燥させ保存。その後水に漬けます。これは、紅花の花弁の色素のうちの黄色を流し出すためです。水の中に一昼夜以上漬け、しみ出した黄色を流します。このあと花弁をカゴに入れて乾燥させます。この乾燥させた花弁を、更に水洗いして黄色を流すのだそうです。ちなみに、この作業は、厳しい寒さの中で行います。

紅花について書いた本の中には、紅花の「99％」が黄色の色素で、紅はわずか1％と書いてあるものもあります。

圃場にある紅花がすべて咲き終わる7月末まで、花摘みの作業を繰り返しました。

このほか藍染めのための蓼藍の草は、ハウスの中で育てています。本当は露地で育てたいところなのですが、どうやら蓼藍は、少々湿り気の多い土地を好むらしいということで、水やりが便利な場所をと考え、ハウス内の端に圃場を設置。

7月末現在、藍の草は、まだ草丈が15センチくらいと短く、8月中旬にならないと葉が繁らない感じです。Mさんの話では、同じ藍染めのやり方でも、本格的な藍染めは、この葉をダンゴ状にして発酵させたりする手間が必要。今回、それは間に合わないので、生の葉を使って染め出す手法を採用する予定と言います。

「近頃の若者は……」と言いたくなるようなことが少なくない中で、こういう根性のある学生と出会えたことは幸せとしか言いようがありません。

Mさんは、すでに昨年採取した綿を知人から譲ってもらい、その糸紡ぎも自宅で始めている由。綿玉から糸を撚り出す作業は、これまた根気のいる作業です。更に織機にその糸をかける作業、織る作業と続くわけです。

先人のたどった衣服を作る作業を追体験した上で、時代と向き合うデザインをしたいと言うのです。

手仕事に込められた時間の重みに目を注ぎ、衣服とは何か、ぬくもりとは何かを、じっくり考えるデザイナーのタマゴがここにいるというわけです。

原発銀座小浜を訪ねる

八月中旬、綿の花が次々と咲いて、草丈が伸び株全体も大きくなりました。株間を80センチにしたのは狭過ぎたという気がするほどの生育の良さです。ハウス内で育てている藍も、草丈は30センチほどになりました。

いずれも、学生が「育ててみたい」と言ってこなければ、種から育てようなどとは思わなかった植物です。若い人に教えられる、とはこういうことなのだ、と改めて感じています。

木綿栽培の畑の床は、幅1メートル、高さ60センチくらいの高畝にして、株間は80センチ、2列に植えてスタートしました。当初、高さを60センチにしてあった畝は、5ヵ月の間に雨に打たれて土が締まり、今は40センチくらいに低くなっています。夕立が降ると（今年は、すでに10回近く降りました）、畝の脇のみぞに水がたまり、時には、3日も水が引かない時があります。興味深いことに、この「水が引かない」部分の脇にある畝の株の育ちが良いのです。当初は、育ちにムラがあるのは施肥にムラがあったせいかと思っていたのですが、ひょっとして生育のある時期からは、水の量によって成長に差が出るのかもしれない、ということなのかもしれません。

藍を、水やりに便利なハウス内に植えたのは、この草が湿地を好むと聞いていたからです。7月下旬、草木染めの染師の吉岡幸雄さんの藍畑を見せていただく機会がありましたが、彼のところでは、藍は農家の田圃の一部を使って育てていました。

ハウスで育てている藍は、8月下旬に刈り取り、藍染めの原料を取り出す予定です。

さて、大学の前期の期末テストも終わった7月末、若い友人たちと原発銀座と呼ばれる福井県は若狭湾にある小浜市の明通寺（みょうつうじ）に、この地で40年以上「小浜に原発を設置させない」運動にかかわっている中嶌哲演（なかじまてつえん）さんを訪ねました。

はじめに関西の〝原発状況〟を、この地域に馴染みのない方のために説明しておきます。

関西電力の原発は、福井県の若狭湾に密集しています。首都圏の電力大量消費のために、福島県に10基の原発が集中している状況と似ています。大阪に、火力発電所はあっても、原発がない状況と同じです。「五重の壁に守られ、絶対安全」などと原発立地住民には言っていても、何か起これば大変な事態になることは、国も電力会社も知っていればこそ、消費地とは遠く離れた地域に、こうした迷惑施設を押し付けていたことは、関東も関西も変わりないわけです。

若狭湾に設置された原発は、すでに廃炉になっている「ふげん」や再稼働不能と見られている「もんじゅ」を含め、敦賀市、美浜町、高浜町、おおい町に合わせて15基が設置されています。この地域で、東北で起こったような地震、津波が発生すれば、その影響は地元ばかりか、関西の水がめである琵琶湖を含め、京都、大阪、名古屋にも及ぶのは確実です。

しかもこの地域では、大飯3号と4号機の原発が２０１３年現在稼働中。現在、関西地域で原発が稼働している唯一の地点です。

再稼働させたのは民主党の野田内閣。ちなみに京都府民は、民主党が大飯原発を再稼働させたことを忘れず、先の参院選では、この選挙区で唯一再稼働反対を表明していた共産党の候補者を当選させ、民主党の原発推進派候補を落選させたのでした。

小浜の住民たちは、再稼働させないための具体的行動を取っています。大阪地裁と福井地裁に対し、「運転差し止め仮処分申し立て」をしました。ところが、大阪地裁は、今年２０１３年4月16日、この申し立てを却下する判決を下しました。

「司法」を含む「原子力ムラ」復活の宣言としか思えない内容の判断です。

「却下」の理由は、福島の事故後、国は緊急安全対策を取っている、原告側が指摘する大飯原発敷地内の破砕帯は〝活断層〟ではない、そして「想定外の津波」の襲来はないと断定したものです。更に原告側が心配している、すでに存在が確認されている3つの活断層が連動して動いた場合、原子炉停止のための「安全基準」である2・2秒以内に制御棒が挿入されないのでは、という点についても、「2・2秒以内」という「安全基準」は目安に過ぎないとするなど、全面的に関西電力など被告側の主張を認めた判断を示しました。

稼働中の大飯3号、4号の差し止め訴訟は、福井地裁では今も係争中で、こちらは、まだ判決は下りていません。

この訴訟で、中嶌さんは原告側として出廷し、2013年4月24日の口頭弁論で、フクシマ・ダイイチの事故後、フクシマの子どもたちが今なお、国が法律で決めている、一般の大人や子どもなど居住はもってのほか、という年間20ミリシーベルトの被曝可能性のある「放射線管理区域」よりも更に被曝線量が高い地域に暮らしている実態など、国の対策の問題点、「若狭原発震災前夜」と地震学者が警鐘を鳴らしていること、万一の事故の際に必要な地元住民の「避難計画」さえも決まっていない現状などを指摘し、福井地裁が、大阪地裁が下したような、今なお「安全神話」に依存した判断を下すのではなく、3・11以降の「画期的」判断を下し、大飯原発を即時停止させるよう訴えています。

中嶌さんが住職をしている明通寺は、その縁起が東北を侵略した朝廷の征夷大将軍、坂上田村麻呂の立建と伝えられる806年創建の寺。本堂と三重塔は国宝です。若狭で事故があれば、この地域一帯は立入禁止になるでしょう。福島で発生した盗っ人の横行も考えられます。

中嶌さんが語る小浜の反対運動は、住民、特に漁民のしっかりとした郷土意識に支えられています。過去、2度に渡る原発推進派の動き、2度に渡る「使用済み核燃料中間貯蔵施設誘致」を阻止しています。

誘致派の語りかける「安全神話」、そして原爆は戦争用だが「原発は平和利用」という「神話」を信じない洞察力と賢明さ、そして未来への責任感を小浜の人々は持ち続けました。

中嶌さんは「原発を阻止できたのは、小浜だけではありません。和歌山や三重、宮崎など、日本列島で再処理工場の候補地を含め25～26の地点で、それぞれ市町村レベルで〝核〟の侵入を阻止しています」と言います。

日本各地には、原発設置によって地元にもたらされる麻薬のような「お金のちから」に抵抗する、郷土への強い愛情を持つ人々が少なからず存在しているわけです。

避難行動と言いますと、台風による「避難指示」は身近なものです。

台風18号は9月16日午前8時前、愛知県豊橋市に上陸しました。これより先、私の住む京都府には、午前6時過ぎに隣の滋賀県や福井県とともに、この台風についての「特別警報」が出されました。これは「自分の生命を守るため」の行動をただちに取るように、という意味の「警報」らしいのですが、避難指示は出ていないのか、私の暮らす左京区内では警報音は聞こえません。

ですから、この日は、朝早くから起きてラジオの報じる台風の動きに注目してはいたものの、窓から見える街の様子を時々見て「人通りは殆どないナ」とか「雨は、あまり降っていないけど、本当に台風が来ているのかナ」と独り言を言いながら、風がしずまるのを待っていました。

1年半以上住んだと言っても、やはり、基本的には「知らない街」暮らし。外国旅行中と同じで、何か起こっても独りでサバイバルしなければならないということです。

そんなことを考えているうちに、気が付いたのは「この避難行動を取れ」という「警報」は、実に原発事故の時にソックリだということです。警報が出た地域も、福井、滋賀、京都ですから、若狭湾の原発銀座で大事故があった場合に、先ず影響を受ける地域そのものです。ひょっとしたら政府が気象庁を使って、原発事故に備え各自治体の対応をチェックすることが目的だったのかナ、という気さえしてきました。大雨について「想定外」とか「これまでになかった」という表現が使われていることも、「フクイチ」の原発事故の時と同じです。

しかし、台風は「天災」ですが、「原発事故」は原子力ムラの連中が起こす「人災」です。台風18号が日本列島を襲った9月16日の前日の15日、大飯原発を含め、すべての原発の「再稼働」阻止のための集会が福井県で開かれました。

福井を訪れるのは、中嶌哲演さんを訪ねた7月以来2回目でした。集会の会場は、福井県庁の近くにある公園。私の住んでいる京都市左京区から自動車で、およそ3時間の距離。集会は午後1時からでしたので、午前9時過ぎに自宅を出発。原発には反対だけど、こうした「集会」に「出たことがない」と言う若い友人を誘いました。

難民暮らしを始めてから、移動は普通電車かバスが基本なのですが、この日は、台風が確実にやって来る状況でしたので、あえて自動車を移動手段にしました。

会場に到着したのは12時45分。参加団体の名を書いたのぼりが多数見られたものの、参加者はざっと数えて600人から700人くらい。各団体は「代表参加」という感じ。地元以外は、各団体とも全力動員をかけたような雰囲気はありません。耳にレシーバーをつけた警察の警備公安担当の姿が会場内に見られるのは、「昔」私の学生時代、50年前の日比谷公園の雰囲気と変わりありません。

この集会の主催者の一人、小浜の明通寺の住職、中嶌哲演さんや、東京から駆け付けた作家の広瀬隆さんに挨拶して、ふと横を見ると、懐かしい顔があります。

福島の「あぶくま農業者大学校」の仲間、浅田正文さん御夫妻の姿がありました。浅田さんは、フクイチから25キロ、福島県都路村の住人で、現在は、石川県の金沢市に避難中。昨年、福島で開いた「あぶくま農業者大学校」同窓会以来の再会です。思わず走り寄って、かたい握手をしました。

浅田さんは「福島原発訴訟」の原告の一人であり、東京電力に対する株主訴訟の一人でもあり、更に野田内閣が大飯原発を再稼働させた際、その「運転差し止め仮処分申し立て」を福井地裁にした時の「原告」の一人でもあります。浅田さんは、私と同じ71歳、古稀を超えているにもかかわらずエネルギッシュで、おかしいことに対して「おかしいぞ」と正面から取り組む姿勢は、都路村で百姓暮らしをやっていた頃、産廃処理場建設反対に立ち上がった時と変わりません。

「福島原発訴訟」は、福島に暮らしていた人々が中心になって始めた一次訴訟と、全国規模で人々が参加した二次訴訟がありますが、いずれも「フクシマ・ダイイチ」の事故そのもの、およびその後の対応は「人災」であり、この事に関係者が責任を取ろうとしないことは「おかしい」という考えから、東京電力の当時の会長と社長、旧原子力保安院の責任者、そして長崎から突然福島県に「アドバイザー」として乗り込んで「100ミリシーベルトでも安全」などの発言を繰り返し、福島の子どもたちを放射線管理区域と同じ放射線量の環境に置く、という犯罪行動を取っている山下俊一という「原子力ムラ」の医師（彼の言動の犯罪性については、雑誌『デイズジャパン』2012年10月号にジャーナリストの広河隆一氏の解説とともに掲載されています）など32人を犯罪者として告発しています。難民となっても、闘いの最前線でカラダを張っている浅田さんには頭が下がります。

この告発は、昨年6月に福島地検と東京地検に出され、今年9月9日、検察は「不起訴」としました。原告側は、検察審査会に持ち込む方針ですが、検察側は「犯行現場」である福島での検察審査会ではなく、東京で審査会を開くべく画策中という情報もあります。

この日の集会は、一人数分以内という時間制限もあって、発言内容は各団体の決意の表明、問題点の指摘にとどまる感じでしたが、多くの発言者が指摘したのは、アベ首相がオリンピック招致の会場でフクシマ・ダイイチの現状について、「状況は制御されている」と大ウソを吐いていたことへの怒りです。民主党の野田首相が「事故終結宣言」という大ウソで自滅したように、アベ首相もまた、自滅の道を歩み始めているわけなのでしょう。しかし、悔しいことは、日本の「原子力ムラ」に強力なテコ入れをしている政治集団に鉄槌を下す機会が、ここ3年ほどはないことです。

思い出すのは、人々を「パンとサーカス」を求める方向に向かわせる上で役割を果たしたのは1964年の「東京オリンピック」だったということです。総労働対総資本の闘いと言われた三井三池の闘争や日米安保をめぐる闘争など「政治の季節」は、あの「トーキョー・オリンピック」で風化が進みました。70年の万博では原発の電気が華々しく登場しました。

そんな流れの再現を、現在の日本の支配層は狙っているのでしょう。果たして、二匹目のドジョウはいるのでしょうか。福島の祟りの怖さを甘く見ないほうが良いでしょう。「パンとサーカス」で国民をしばらくの間、誑かすことは可能かもしれませんが、天を誑かすことはできないのです。

白い綿は布になり、藍色に染まる

京都の11月初旬は、観光シーズンの幕開け。中旬になりますと、嵐山をはじめ市内や郊外の紅葉見物に、観光客がドッと押し寄せてきます。

私の通勤路の白川通りも、週末は、他県ナンバーの自動車が多くなります。通りの中央のケヤキ並木は、今年は見事に紅葉しています。昨年も、まぁまぁの染まり方でしたが、今年はそれ以上。10月末まで続いた猛暑のあと、一気に寒波が襲来したことの影響なのでしょう。大学では、半袖から一気にコートやダウン姿に、学生たちも衣替えです。

大学の畑では、冬野菜が順調に育っています。育っているのは、白菜、キャベツ、ダイコンなどの定番のほか、ホウレンソウ、ミズナ、ルッコラ、カブ、菜花。それに収穫は来年5月になることは覚悟の上でイチゴを15株、紫色のタマネギ、ソラマメも。

急に寒くなったにもかかわらず、学生たちの農作業への出席率は極めて良好です。「私、寒さアレルギーなんです」などと言っていた学生も、授業のある日は畑には姿を見せて「ハウスの中は暖かい」と言いながら、気温摂氏15度は保っているハウスの中で、野菜の育つ様子をスケッチしています。学科によっては、一日中パソコンに向かって作業をせざるを得ない学生たちにとって、ハウスの中でのミズナやホウレンソウの間引き作業は、貴重なストレス発散の時間になっているのかもしれません。

あと数週間で年末。４年生たちは、卒業制作の作業の追い込みの季節。大学の畑で卒業制作用の「木綿」を育てていた４年生のＭさんの顔つきが引き締まってきています。そこで、この「木綿物語」のその後の報告です。

「種から服をつくるというテーマで〝卒業制作〟をしたい」とＭさんが畑にやってきたのは、確か昨年の11月頃。畑のまわりのクヌギの葉が黄色くなり始めていましたから、初冬の11月末だったかもしれません。

彼女は、前年の前期に「大地に触れる」という農作業のコースをとっていたので、マジメな学生だということは知ってはいましたが、「木綿を育てる」と言っても、正直言って、どこまで「本気」なのか不安でした。「ボクは木綿は育てたことがないし、〝種〟の入手方法も知らない。畑の水やりくらいは手伝うけど、全部、自分でやる気はある？」と少し脅かしたのですが、彼女は本気でした。木綿を育てる場所がほしいとのこと。「よし、わかった。一緒にやろう」。これが「木綿物語」の始まりでした。

講座を取っている学生のための畑を使うわけにはいかないので、大学の南斜面の崖の上の細い部分の「開墾」を始めたのが、今年の３月。１ヵ月ほどかけて笹の根が張っていた、幅３メートル、長さ20メートルほどの細長い土地を畑にしました。

ここに、彼女が種から育てた「真岡」と「河内」、それに「アップランド」という3種の「木綿」の苗を植えたのが5月の中旬。花が咲き始めたのが8月。芙蓉の花に似た白やピンクの「アップランド種」の花。花弁が黄色で、中心部分はエンジ色の「真岡」と「河内」の花。

その花の下の子房が膨らんで、その部分に「綿」が入っているのですが、私は初め、膨らんだ部分が割れて「綿」が顔を出すのは、ほぼおなじ時期と思い込んでいたのですが、実際は「一斉に」ということではありませんでした。花が咲いた順に「成熟」して、綿花が顔を出すのは、一日に数個から十数個というペース。それでも「チリも積もれば山となる」の言葉通り、収穫量は2キロを超えました。

Mさんは、この「綿」から手回しの綿繰り機を使って種を取り除き、手で紡いで糸にして、大学のテキスタイルのコースにある機織り機で布を織りました。織られた布は幅38センチ、長さ5メートル。

「綿」にとって雨は大敵。台風シーズンにぶつかって、収穫が充分ではない可能性を考えて、原料の一部は大阪で、やはり「木綿」を育てている知人から入手したとのこと。

紡いだ糸や織った布を染める作業は、ほぼ同時進行で、9月から始まりました。染める色の基本は「藍」。ハウスの端に50リットル入りステンレス製の「カメ」を用意。この「カメ」で

「藍」を発酵させます。この作業の基本は、京都の草木染めの世界でその人あり、といわれる吉岡幸雄さんの作業所に、Mさんは8月初旬に2週間通って「身につけた」そうです。

「藍ガメ」で「藍」を発酵させる作業は根気が必要なことは、よくわかります。

大学の畑でも原材料となる「蓼藍」の草を育てたのですが、ほんの1坪くらいの面積で育てた「蓼藍」の葉からとれた「沈澱藍」の量は、わずか10グラム。「これで足りるの?」と聞けば、布を染めるための材料全部を大学の畑で準備するつもりはもともと無く、どうやって「沈澱藍」を採取するかを確かめるための「参考」試料とのことでした。

Mさんは、布や糸を染めるための「原料」には、徳島で生産されている「すくも」という「蓼藍」を乾燥させた材料を使うことにしていたそうです。この「すくも」を発酵させて染料になる色素分を分離させるために「あく汁」を準備します。

「あく汁」用の木灰は、落葉樹の灰でなければなりません。Mさんは、薪ストーブを使っている知人から、クヌギやナラの灰を分けてもらい、この木灰3・2キロに消石灰800グラムを混ぜ、40リットルの水で「あく汁」をつくりました。

「あく汁」はアルカリ性で、pHで言いますと11~12くらい。この「あく汁」に「すくも」を入れます。発酵が進みますと、pHは下がってきます。発酵を促進させるために、フスマを初めに入れました。ほかに日本酒や水飴、ブドウ糖など、いろいろ試していたようでした。最終的には「ブドウ糖」を、発酵の様子を見ながら足していく方法をとっていました。

この作業は9月中旬から始まり、Mさんは毎日ハウスにやってきては、「藍ガメ」をかき回してはpHをチェックしていました。この作業は4週間続きました。

「カメ」の蓋を開けるたびに、漂ってくる「匂い」で、私も少なくとも「藍」が腐っていないことはわかりました。

布や糸を染める作業は、10月中旬から始まりました。

藍染めは、一気に濃い色に染まるというものではありません。「カメ」に彼女が織った布を5分ほど浸して、すぐ水洗い。空気にさらし、農場のビニールハウス内で数日乾かします。同じ作業を繰り返していきます。そうやって色を濃くしていくのです。見ていますと、空気にさらしている数分の間に、見る間に「藍」の色が濃くなっていく様子がわかります。色が深くなるのです。その変わっていく様子は、官能的でさえあります。

11月に入ると、Mさんは布を服にする作業に入り、農場での作業は終了。木綿物語〝畑篇〟は終わりました。

これは彼女があとで嬉しそうに伝えてくれたのですが、彼女の「種」から始めた「コート」は、卒業制作での展示で見事「瓜生山賞」という賞を受賞した由。

第3部

よみがえってきた闘いの記憶　2014年

日本中の電力が足りている冬に

京都の街にもあちこち豆電球が点滅する「電飾」が光を放ち、古都の夜は明るい冬を迎えています。

電力は充分足りているようです。再稼働した大飯原発は定期検査に入り日本は原子力発電所が一基も稼働していなくても、節電の声が上がることもなく夜が明るい冬を迎えているのです。「秘密保護法」の強行採決によって政府への支持率が下がっている中で、「原発の再稼働という不人気な選択を、この時期にするのか」と言う人もいないわけでもありません。しかし、油断はできません。

自公政権が何らかの動きを始めるとすれば、九州、四国の原発からスタートする可能性が強いだろう、と作家の広瀬隆さんに言われました。私もなるほどという気がしましたので、11月から12月のはじめにかけて、福岡、長崎、松山と連続3週間、日曜ごとに行われた反原発、脱原発の集会とデモに参加してきました。

福岡では1万人を超える人々、松山でも1万人近い人々が集会に参加していました。しかし、地元の放送局などは一応取材に来ていたものの、「放送」はしなかったようです(放送を見たという人がいれば、教えてください）。

マスメディアには、大衆の「直接行動」の一種である「抗議集会」や「抗議デモ」などは、よほどの「事件」性がない限り「ニュース」として取り上げないという「社内ルール」があるのでしょう。

マスメディアの「管理者」たちは、こうした「集会やデモ」を放送したり、記事にしたりすることは、普通の人々が自ら動き出すことを「当たり前」のことと思う「思考回路」を追認していると、「お上」をはじめ広告主に思われることを恐れているのでしょうか。彼らにとっての「民主主義」は、代議制の枠という狭いチャンネルなのでしょうか。「大衆の声」を尊重するなどと言っていても、自分たちが編集しやすい波長の声しか聞こえない聴覚しか持たなくても良いと考えているとしか思えません。

12月1日、愛媛県松山市で開かれた伊方原発再稼働反対の集会には、主催者のもとに届けられた参加団体ごとの集計だけでも8千人を超えていました。地元愛媛から参加していた友人の一人は「伊方の反原発デモで、こんなに人が集まったのは久しぶり」と言っていましたから、この地域としては、東京での10万人デモに匹敵する人数だったのかもしれません。会場内の参加グループが掲げる旗などを見ますと、この日、松山には、地元の四国ばかりか、瀬戸内海を挟んだ対岸の中国地方は広島や岡山からの参加者も少なからずいました。福島から四国に避難している知人たちにも、会場では会うことができました。

この日の天候は、曇り時々雨。デモが出発した頃には雨はヒタヒタと降り続ける感じになりました。今年75歳になるルポライターの鎌田慧さんも松山に来ており、同じ隊列に並んで横断幕を掲げました。

12月の氷雨は骨まで染み込む寒さ。シュプレヒコールの「再稼働反対」と大声をあげると、少しは身体が温まる感じです。

歩きながら、デモに先立つ集会の最中に、松山在住の友人から聞いた「伊方原発」が建設された際の「歴史」を思い返していました。

原発の建設が、いかに住民への「弾圧」と、住民の「分断」、特に検察、警察による反対派住民に対する「弾圧」や電力会社による人権侵害工作によって実現されたのか、という歴史です。友人は、別れ際に小冊子を渡してくれました。地元紙「南海日日新聞」の斉間満記者の記録『原発の来た町――原発はこうして建てられた――伊方原発の30年』(南海日日新聞社、2002年)という冊子です。

帰りの汽車の中で、一気に読みました。日本政府が原子力ムラと一体となってやってきた犯罪の多くと同じことが、この伊方でも行われてきたこと、更に地元大学の「学者・専門家」たちが、ここでも、そうした「犯罪」に手を貸していたことがよくわかります。

松山のデモから1週間後の2013年12月6日は、1941年12月8日とともに「現代史」上の転換点として、永く記憶される可能性のある日になりました。

この日、「特定秘密保護法」なる平成版「治安維持法」が参議院を通過しました。

こうした「秘密保護」を口実として憲法で保障された〝表現の自由〟の制限を目的とした法律が国会での充分な議論のないままに成立してしまう原因は、何と言っても国会議員たちの〝劣化〟と〝マスメディアの劣化〟の二重奏によってとしか考えられません。

それにしても彼らの〝手口〟には、過去からしっかり学んでいる〝治安警察〟官僚の知恵が働いているという気がします。

与党の幹事長が「デモの叫びも本質ではテロと同じ」と、恐怖に怯えて口走っていましたが、アメリカの軍部代弁者と結託した買弁外交官僚と、大衆決起の悪夢に怯える治安警察官僚が合同で作成した、大衆弾圧のための法律というのが、この平成の「治安維持法」＝「特定秘密保護法」の本質です。

更に安倍内閣は「日本を世界で一番企業が活動しやすい国にする」と、日本をこれまで以上に新自由主義を推進する国にすることを宣言しています。

企業が〝自由〟に活動するための施策が次々に打ち出されれば、一方で、それに適応しない者は増大するでしょう。アメリカの若者たちが、ウォール・ストリートを占拠したような事態が将来の日本でも起こる可能性は、充分あります。

永田町から霞ヶ関周辺を埋めた「反原発のデモ」は、権力の同伴者となっているマスメディアが報道を控えたほど、治安関係者にとっては〝恐怖〟であり〝悪夢〟(60年安保の再発)だったはずです。60年安保の高揚に怯えたマスメディアは、あの頃「7社共同声明」なるものを発して大衆の自然発生的〝高揚〟を何とか抑え込もうとしました。

この声明のあと、マスメディアは「デモ」や「集会」など、大衆が直接権力を批判する「表現」として行動を始めても、その行動の報道は殆どしなくなりました。

あれから数十年後、「原発事故」で目覚めた人々は、街頭で意志表示することへの抵抗感から自由になり始めていることは、デモの隊列を組む人々の表情からも感じられます。車道を自由に歩くことの快感に目覚めたのです。アメリカのウォール・ストリートで起こったこと、スペインのマドリードで発生したこと、生活そのものが圧殺されそうな時に人々が立ち上がるという、ギリシアなどで起こっていること、それが日本でも発生する可能性が出てきたわけです。

治安警察官僚は、こうした大衆の反乱に備えた法律を必要と考え、その取り締まりに必要な文言を、この平成の治安維持法に盛り込むことに成功しています。日本国憲法の重要な原則を踏みにじる法律が、また一つ自民党と公明党によって制定されたのです。

原発難民の暮らしを始めて、まもなく3周年を迎えます。

阿武隈に残っている友人に聞けば、今年も在所の田村市からの椎茸の出荷はゼロになる見通しだそうです。なにしろ原材料であるクヌギやナラの樹の内部で放射性物質が〝生体濃縮〟されて、サンプルとして採った樹のオガクズを測ると、極めて深刻な数字を示しているのが現状なのだそうです。放射性物質は、木肌からも内部に浸透しているのが実情と言います。

阿武隈の山を想うたびに、日本各地の原発再稼働のタイミングを計っている自民公明の原発推進内閣への怒りは燃え上がります。彼らは、自分たちの利益共同体の秩序さえ維持できれば、住民たちはどうにでもなれ、と考えている連中にしか見えません。フクシマ・ダイイチの崩壊は、単に原発の「安全神話」が壊れたのではなく、そのシステムを創り強制し、支えた人々の権威の崩壊でした。それを数字で示すかのような「信頼調査」に出会いました。

正月に東京の友人を訪ねた時、「エデルマン・トラストバロメーター」という調査があるのを知っているか、と聞かれました。「知らない」と言うと、「これが、なかなか興味深い」と言ってパソコンを開いて説明してくれました。

この調査、日本でも12年続いているそうで、全世界3万人以上の回答者があり、日本では一般回答者1000人、知識層(25歳から65歳)200人が対象。いろいろ項目はあるのですが、先ず「政府」への「信頼度」です。知識層で2010年から2011年にかけては、「信頼度」は42%から52%に上昇しています。民主党政権への期待でしょうか。ところが、3・11を含む期間、２０１１年から２０１２年には、52％から25％へと、ほぼ半減。その次の一年、２０１３年にかけては32％と、７％の伸びだけ。原発対応を含め日本の政府への「失望」は回復していないと見て良いのでしょう。ちなみに世界各国それぞれの「政府」に対する「信頼」の世界の平均は50％の由。

政府やマスメディア・企業など、調査された殆どの項目で、日本では「信頼度」が急降下。日本は３・11を境に、それまで「権威」とされ「秩序」の要だった人々の発言は、「何も信じられない」不信の時代に突入したように見えます。いや、とっくに突入していたのが、顕在化しただけなのかもしれません。

２０１１年から２０１２年の間にマスメディアへの信頼は、48％から36％に下降、学者ないし専門家に対しては70％から32％へ。一番信頼低下が激しいのは公務員への信頼。なんと63％から８％へと下落しています。

改めて言うまでもないのですが、この「調査」結果は、日本国内だけで〝流通〟しているのではなく、〝全世界〟に発信されている情報なのです。日本社会が、「こういう状況である」という情報として、アメリカ・中国・アジア各国の日本に興味のある人々の間に「流通」しているのです。

政府の代表である日本の首相が、オリンピック招致のために「フクシマの状況は制御されている」と大ウソをついたことは、原発難民にとって許し難いことでした。更に彼は白昼堂々と靖国神社を参拝して、各国のブーイングを受けました。

日本は、第二次世界大戦での敗北と、その責任を確認する証しとしてサンフランシスコ平和条約に調印し、そのことによって国際社会に復帰しました。この論理を理解していないと、「歴史認識」がないと批判を受けます。政治家が日本の選挙民向けに「極東裁判」は勝者による裁きで納得できないと言っても、それが国際的には通用しないことさえ日本人が自覚していれば、状況は深刻ではありません。しかし、政治家が国内向けのパフォーマンスを世界でも通用できると考えれば、これが「問題」にならないはずはありません。時の天皇さえ行くのをはばかっていたA級戦犯を〝神〟として祭っている神社に、総理大臣が、テレビが中継する中、白昼堂々とこれ見よがしに参拝することは、中国や韓国ばかりでなく、アメリカ、イギリス、ロシアなど第二次世界大戦の戦勝国から見れば、第二次世界大戦後の「世界的合意」への挑戦と受け取られ「日本政府」が「歴史修正主義」の発想を行動にあらわしたと見られても仕方のないことです。こうした行動は、国際的にも「信頼」を失うことに繋がるのです。

ところで、他の政治家や官僚たちは、調査結果に示されている日本国民各層の「失われた信頼」の回復のために、何か努力をしているのでしょうか。

3・11が「信頼を失う」きっかけとすれば、その後、この情況にどのように誠実に向き合ってきたのかが、努力の方向と内容の指標となるはずです。「安全神話」の崩壊後、原発をめぐる制度面での変化で一番大きいのは、それまで原発推進を担当する経産省の中にあった「規制」担当部門を環境省の下に「独立」の機関として設置したことでしょう。一応、原子力規制委員会なるものが発足しました。

ところが、現場の役人たちが、具体策を取る時に「モノサシ」になる部分、つまり「放射性物質」の影響から国民を守る上で具体的にどうするのか、という一番重要な〝ダマシイ〟の部分についての「法的手当」が殆どできていないのです。通産省が担当したかつての原子力基本法のもとでは、「事故は起こらない」という安全神話を前提としていたため、重大な事故発生の場合に備える法的手当は、いい加減なものでした。そのことは、環境省に組織が移っても「空き」のままです。つまり、「原子力ムラ」の無責任システムが保存されたままなのです。環境省の役人たち、そして国会議員は、一体何をしているのでしょう。

こんな状態では、国会議員や役所が努力したとは、到底言えないわけです。

特に3・11のフクシマ・ダイイチの崩壊によって、多くの住民が命と健康、財産、農地そして自然環境や暮らしを失ったにもかかわらず、東京電力をはじめ、かかわってきた専門家や役人たちが誰一人、刑事罰を受けないことは不思議議です。

このフクシマ・ダイイチの事故に責任のある人々は刑事罰を受けるべきであると住人たちは

訴えたものの、責任が問われる道は当面閉ざされました。東京地検は、2013年9月、訴えられた東電幹部や原子力ムラの役人たちを「不起訴」にしたのです。検察は、正義を実現することを放棄しました。あとは「市民の常識」に頼るほかありません。まだ「検察審査会」という手が残っています。3・11のあの時、何がフクシマ・ダイイチで起こっていたのか、その事実関係が明らかにされることで、「責任の所在」も明らかになるはずです。司法の場も闘いの現場の一つです。

こういう現状をどこから変えるのか。それは、瓦礫の山で酒宴を楽しむ魑魅魍魎に私たちが「事実」をつきつけることで鉄槌を下すことです。

それは国会で、立法によって、原発の設置と操業は電力会社にとって「ワリが合わない」ことを思い知らせる法律の整備をするしかないのです。政治家たちを、国会議員たちを「国民」が動かす道を進むほかありません。

「大雪」の教訓

日本列島を黒潮の流れに沿うかのように北上した「南岸低気圧」は、この2月、冬季オリンピックの報道やバレンタインデーで浮かれ気分の東京を大雪で混乱させ、鉄道や空の便を乱れさせ、人の流れ、物の流れを分断し、さらには除雪のできない山間地の住民たちを孤立状態にしました。

国道18号線で碓氷峠を登り、軽井沢に入ったところで立往生しているトラックの運転手さんがテレビのインタビューに答え、「もう4日も動けずにいる」と話していたのが印象的でした。この国道18号線は、3年前フクシマ・ダイイチが崩壊し、私が「原発難民」となって長野の友人宅に一時身を寄せる時に使った道路です。

長野や山梨の雪に比べて、今、私が暮らしている京都の左京区は、この日の積雪は5センチから10センチと、はるかに少ない量でした。それでも、昼頃になって畑の様子が心配になり、大学の畑とビニールハウスを見に行きました。ハウスは無事でした。ハウスの外の気温は摂氏マイナス2度。近くの農具小屋の軒下の水たまりには、薄氷が張っています。ハウスの中に入れば、気温は3度くらい。外気温との温度差は5度。ハウス内に撒いてある枯葉が発酵しているせいで、ハウス内の地温が高く、とにかくちょっぴり暖かい。そのため屋根に積った雪はビニールに接した部分が融けて滑り、落下しているのです。これなら当面は安心です。

「南岸低気圧」による雪の影響を見ますと、改めて日本の流通と交通が実にもろいものだ、と感じます。国道が使えない状態が続きました。国道といえば、国土交通省のテリトリー。大雪のような時にこそ、しっかり道路管理するのも仕事のうちではないかという気もするのですが、今回のような事態は「想定外」というのであれば、お役人の想定というのは何とも「甘い想定」です。

今回の雪では、あまり「雪慣れ」していない関東の農家の人々が、かなり被害を受けていま す。私の知る限りでも、群馬から埼玉にかけてのハウスは、深刻なダメージを受けました。

私が原発難民になって福島を脱出したあと、数ヵ月間お世話になったのが、群馬県は鬼石町の農家、浦部隆さん宅。電話をかけますと、声に元気がありません。9棟あるビニールハウスのうち7棟が雪で潰れてしまったそうです。出荷の最中のレタス、それから来月出荷予定のアスパラが全滅。彼の近くのイチゴ農家も4棟が潰れ、イチゴが収穫できなくなりました。浦部さんが所属する農協の部会のうち、被害が一番大きかったのは「トマト部会」。ほぼ全部のハウスが雪で潰れました。農水省の補助金が出ることになり、ビニールハウスからガラスを使った、より恒久的なハウスを建てた人はさらに悲惨だと言います。ガラスが砕けて飛び散っているため、除雪さえ危険で「雪が融けるのを待つほかない」状態なのだそうです。畑にガラスの破片が散乱している状態が、如何に危険であるか、想像すると胸が痛くなります。

阿武隈山中での暮らしを想い出します。私のいた阿武隈の地域は、奥羽山脈のおかげで、同じ福島県内でも会津に比べて雪が少ないのですが、それでも冬の間は数回、数十センチの積雪になります。ですから私も関東平野の農家に比べて、少しは「雪慣れ」はしています。

先ず雪に備えて、七輪ないしは四斗缶を用意してありました。天気予報を見て、雪が積りそうな日には、炭あるいは練炭に火を起こしてハウスの中に入れておくのです。ハウス内の温度が外気に比べて数度でも高ければ、ハウスの屋根に積った雪は融けて、屋根から滑り落ちるというわけです。

この大雪騒ぎの最中、東北で何度か、紀伊半島でも何回か地震があったことに気づいた人は、どのくらいいたのでしょう。

巨大地震の発生と「南岸低気圧」の同時来襲は、決して「あり得ない」ことではないと、肝に銘じておく必要があります。

オリンピックの開会式の様子を「生中継」で見る機会はなかったのですが、次の日、それを見ていた友人が「開会式の映像の上に、緊急地震速報の文字が流れたのにはドキッとした」と話していました。

私は、今でも東京にオリンピックを招いたことは「適切ではない」と考えています。地震列島日本で、しかも「活動期」に入った可能性が高いと見られている日本で、最も重要なことは「複合的な災害の防止」のために知恵を絞り、「資力」を、それに向かって投入することであると考えます。もちろん「原発の再稼働」をしないことは、その中に含まれています。日本では、この2月末現在、原子力発電所は一基も稼働していなくても、電力は賄われています。停止しているフクシマ・ダイイチの原子炉の使用済み核燃料が危険な状態になっていることは、日本国民は知っているはずです。稼働中の原子炉が激しい地震に見舞われ、原子炉がメルトダウンしたことも経験しています。

原子力発電所が大地震によって制御不能の状況になって、格納容器の破壊あるいはベントなどにより、広い範囲にわたり放射性物質が放出され、住民がそれに備えなければならない状態に置かれる可能性を眼前にして、現在、日本国民は生きています。

事故が発生すれば、たとえば、甲状腺がんを防ぐために安定ヨウ素剤を服用しなければならなくなります。この服用を効果あるものとするためには、放射性物質に被曝する24時間前の服用が基本とされています。

こうした事故が大雪の最中に発生した時のことを考えてみましょう。東北や新潟、福井など、通常でも大雪の被害が充分予想される地域、あるいは通常は大雪にはならないとされる地域にも、これまで経験したことのないような「大雪」が降り、すぐには除雪できない状況が生じる可能性が充分あることを今回の大雪は教えています。交通は不能になり、場合によっては停電さえ伴います。人々の移動は困難を極めるでしょう。こうした中で、人々に「ヨウ素剤」を行き渡らせることは可能でしょうか。指示は可能でしょうか。国は「その時は諦めろ」と言うかもしれません。あるいは「仕方ないだろう」と居直るかもしれません。

要するに、現実問題として、いざという時に国は何もできないのです。彼らは、そうした時に「無責任の体制」に逃げ込むのは確実と考えてよいでしょう。それはフクシマ・ダイイチの経験からも明らかなことです。

たとえ総理大臣が再稼働に当たり「私が責任者だ」とエラそうなことを言っても、彼らは責任など取れないのです。それとも総理大臣は責任を取って、腹を切るとでも約束しますか。そんな約束をするはずがないのが日本の政治家です。

そんな政治家や役人どもの言葉に惑わされることなく、私たちは「原発ゼロ」「再稼働反対」を要求し続けることしか選択肢はありません。これが今回の大雪からの「教訓」の一つなのです。

ネットから鹿を解放する

桜の季節が終わる頃は、大地には花弁に重なるように蘂(しべ)が散り広がります。何とも艶かしい光景です。今年は桜の花の時期が短かったような気がします。

私が勤める大学の構内に咲いたソメイヨシノの満開の時期は、ほんの1週間足らず、ひょっとしたら3日くらいだったような気さえします。「3日見ぬ間の桜かな」という感じです。一日のうちの寒暖の差が15度以上あった日も少なくありませんでした。夕方まで外で用事のある日などは、朝、出かける前に日中の「暑さ」も考えて、何を着て出るかを慎重に判断しなければならないほどでした。

花の時期が早足で通り過ぎるのに合わせるように、新緑もまた今年は足早にやって来ました。街路樹のケヤキやイチョウ、ヤナギの芽吹きが始まっています。彼らの気温に対する反応は、二足歩行で移動するホモサピエンスより、はるかに鋭いようです。

花の季節は、大学内の畑にも訪れています。菜花に続いて収穫しそこなった白菜が黄色い花を咲かせ、大根も蕾を持った茎を伸ばしています。

露地に植えたソラマメは、昨年より1週間は早く、花が咲き始めました。同じく露地に植えたスナップエンドウは白い花、キヌサヤも赤紫の花を咲かせています。

今年、畑の春は、ちょっとした事件で始まりました。畑の周辺に張り巡らせた獣よけのネットにシカが角をからませて、身動きできなくなるという事態が発生しました。

学生たちのために準備した畑のある辺りは、以前は、周辺の山を領土とするシカやイノシシ、サルたちのエサ場だったようで、人間の育てている野菜も、彼らにとっては、辺りに自生している笹や木の実と同じように単なるエサにすぎないのです。

柵やネットで囲って防御しない限り、植えてある野菜を、片っ端から遠慮なく食べ散らかして行きます。

そんなわけで、シカ対策には鹿よけネット、サル対策には猿よけネットを使って防御体制を取っています。ある意味、動物園ならぬ「人類園」の囲いの中で作業しているわけです。

その鹿よけネット、網目が20センチ角、高さ2メートル30センチの、ごく粗い目のネットなのですが、これにシカが角を引っかけて暴れまわった結果、余計に絡まって、ついに彼は身動き取れない状態になってしまったという様子。

発見したのは学生でした。3月初旬の夕方、ケータイに「山の畑でシカが暴れている」という連絡を受け、駆けつけてみますと、5、6歳と思われるオスジカが立派な角を、昨年夏に綿を植えた南側斜面の畑のネットに絡ませています。

集まってきた学生や助手たちと、しばらく遠巻きに見ていましたが、近寄るのは危険な感じです。「シカを、こんな状態で見るのは初めて」と、興奮気味でケータイで写真を撮る学生もいます。

どうやら私たちの手でシカをネットから外して解放してやるのは難しいと判断。専門家の手を借りることにしました。

京都市には「野生生物保護協会」という団体があり、シカやタヌキ、キツネなど山の獣たちが溝に落ちたり、庭に迷い込んだり、素人の手におえない事態が起これば、その「獣類部会」の人が出動してくれるということでしたので、早速そちらに連絡。

しかし、辺りは暗くなりかけています。暗い中での作業は危険が伴いますし、シカもかなり興奮していましたので解放してやるのは、次の日の朝にすることにしました。

シカの角をどうやって外すのか見ようと、次の日の朝9時前に現場に行きました。夜のうちに降った雨でシカは濡れそぼって座り込んでいます。

9時きっかりに京都市野生生物保護協会の獣類部ミヤノ部長が助手を連れて到着。ミヤノ部長は白髪で年の頃は60代後半。猟師歴も永く、京都の東地域の狩猟免許取得者の中で知らない人はいないほどの「動物通」という話です。

シカを取り押さえたのは、一瞬の早わざでした。3メートルほど離れて、しばらくシカの様子を見ていたミヤノさんは、スタスタと歩み寄ったかと思うとスッと手を伸ばし、角を両手で握り、一瞬のうちに横倒しにして、片膝でシカの首あたりを押さえ込みます。早わざです。そのあと前足を揃えてベルトに下げていた紐でくくります。次に同じように後ろ足を紐でくくりますと、シカはもう動けません。

このあと、腰に下げた小形ノコギリを出し、シカの角の根元、つまりシカの頭の角の生え際から切り落としにかかります。絡んでいるネットを外すのは不可能と判断したのでしょう。ネットを「外す」のではなく、角をシカの頭から「外す」という方法を取ったわけです。

この辺りに生息しているシカの角は、5月には自然に落ちるそうですが、この時期、3月初旬にはまだしっかり頭についています。ゴシゴシという音、ノコギリで角を切る音に混じって、シカのクウクウというううめき声が聞こえます。

2本目を切り始めた頃には、シカは恐怖のあまり気絶したのか、うめき声も聞こえなくなり、ぐったりした様子。角の切断は20分ほどで完了。

シカは、頭が自由になっても身動きしません。ミヤノさんは、ゆっくりと後ろ足、前足の順で紐を解きましたが、動きません。ミヤノさんが足先で首のあたりをツンツンと押してやると、ようやく立ち上がり、フラフラと近くの繁みに姿を消しました。

これで一件落着です。

ネットに角を引っかけて自由を奪われたシカの姿は、何となく時代を暗示しているようにも私には見えました。

私自身は、パソコンは持っていませんし、スマホとやらも持っていませんので、その分野での「ネット」とは全く縁のない暮らしなのですが、まわりの学生たちの中には、何やら始終スマホの画面を覗き込んでいる者がいます。実に「ネット」に捕えられているようです。

さすがに農作業の最中にそうした「道具」をいじっている者はいませんが、休憩時間に入ると、ポケットやバッグから素早く取り出して指を動かし始めます。

「何だい、緊急連絡でも入ったのか」と訊ねますと「イヤ別に」と言うのですが、何やらメッセージを「発信」している様子。

「ライン」とやらを通じて「友人」と常に「つながっている状態」が、彼あるいは彼女にとっては空気のように当たり前のことのようです。

何やらゴロあわせのようですが、スマホに向かう学生の顔と、ネットに絡み取られたシカの姿が二重写しのように見えます。

5月の風と民主主義

5月の空は青く、澄んでいて、大気の底に暮らす私たちはこの季節心地良い風に吹かれています。しかし、気象庁は5月はじめに、エルニーニョの発生拡大を予想。今年は冷夏の可能性が高いと指摘しているので、農作物のことが心配です。

この5月の青い空、今から54年前に見上げた青空を思い出させます。国会の前でした。アベ首相の祖父、岸信介首相が、日米軍事同盟である「安保条約」を衆議院で強行採決し、国民の怒りに火をつけて、学生をはじめ十数万のデモ隊が国会を包囲したのが、確か、54年前の5月19日。私は高校生でしたが、あのデモの中にいました。

日本がまた、「戦争をする日」が来るというアノ時の危惧は、半世紀を経て現実のものとなりつつあります。

そして、鹿児島県の川内原発再稼働への動きは、54年前に、国民の声を無視したキシ首相と同じく、国民の声を無視するアベ首相によって加速されています。

まだ、ありますね。

ＴＰＰの前哨戦ともいわれる日本とオーストラリアのＥＰＡ、経済連携協定が大筋合意され、

7月のアベ首相のオーストラリア訪問時に署名される見通しと報じられています。

日本がアメリカの要求に従って、昨年2012年2月に米国産牛肉輸入規制を緩和したあと、豪州産牛肉の日本国内でのシェアは減少傾向にあります。オーストラリアとしては他の農産品はともかく、有利な牛肉関税引下げを含む今回の大筋合意は喜ばしいことなのでしょう。しかし、日本の肉牛農家にとっては、すでに円安で飼料が高騰している中での豪州産牛肉の輸入拡大は、確実に打撃になります。特に豪州産牛肉と競合する乳用種(ホルスタインの雄)肉牛生産地の北海道の酪農家は、更に追い込まれることになります。空は晴れても、心は暗い5月です。

5月7日、東京永田町の全国市町村会館で、自然エネルギー推進会議の設立総会が開かれました。発起人の代表は、細川護熙(もりひろ)元総理。発起人には、小泉純一郎元総理も加わっていますから「脱原発」を掲げた都知事選のコンビが顔を揃えるということで、この日の集会には、多くの賛同者の他、全国紙も含めマスメディアの記者たちも大量に姿を見せていました。

恐らく、政治的には「無風状態」といわれる永田町に、何かが起こるきっかけになるかも、という発想で覗きに来た記者が殆どだったのでしょう。翌日の新聞を見ましたが、やって来た記者の数に比べて、この集会に関する記事は極めて少なく、かつ、出ても「政局」的な記事しかなかったことからも、記者たちが「原発」をどうするのかという本質的なテーマについては「無知」あるいは逃げ腰でしかないことは、見て取れます。

「何かを起こしたい」「今の流れを変えなければいけない」という空気、願いは各地にあっても、分散化しているようにも見えます。もっとも、「原発」についていえば、大衆の怒りに水をさしているのは「マスメディアじゃないの」と言いたいのは、私だけではないでしょう。

大衆自身が、現状に対して直接声をあげようとした時に、それを無視しよう、あるいは圧殺しようとするのは、今から54年前の「60年安保」の頃からのマスメディアのクセです。

国民が、人々が、大衆が、自民党の〝強行採決〟に抗議して怒りの声をあげて、その声を行動に移している時に、「そのよってきたる所以は別として……」と、学生のデモを排除し、とにかく国会を「正常化」しろという、大衆が自ら声をあげること自体を否定する内容と受け取れる「声明」を出したのがあの頃の大手新聞7社でした。当時、高校生だった私には、「何だヨ、権力が横暴を極めている時に、〝これまでのことは、しばらく置いて……〟というのは、どういうことだ」と、「新聞社って信用できない」と怒りに震えたものでした。

ですから、現在、反原発のデモに参加した学生が「あれだけ多くの人が声をあげているのに、マスメディアって無視するんですね」と私に問いかけて来た時、彼らの裏切られたという心情は実によくわかります。でも、そんな時には「半世紀前には、ネットなんかなくてね、ミニコミというガリ版刷りのビラで対抗するほかなかった」。対抗手段としては、ネットは極めて有力な武器になるはず、現在はより良い環境があるじゃあないかとなぐさめます。

60年安保の「政治の季節」は、安保をめぐる闘争が終わってしまったあとも、若い人々の間では、ベトナム反戦の闘争や、全共闘運動に代表される「学生の反乱」というかたちで、60年代末に向かって日本でも少しは引き継がれました。しかし、「働く人々」の関心は「経済的豊かさ」が軸となっていきました。その間に「東京オリンピック」もありました。東京の景観が変わる大変化の中で、オトナたちは「パンとサーカス」を求める人々になっていき、大学もまた全共闘運動の崩壊と共に「産業界に奉仕する存在」に変わっただけでなく、大量の「産業戦士」を生み出す「生産ライン」になりました。

そして、現在があります。

大新聞をはじめ、マスメディアがひどい状況にあることは、正直言って何を今更と、すでに承知の介と言う方も少なくないかもしれません。「権力の監視」「暴走」をチェックする機能が不充分であることは、マスメディア内部の人も認めざるを得ないでしょう。

そんな中で普通の人々の「政治参加」の条件は、必ずしも良くなっているとは思えないのですが、それでも、あの「反原発デモ」への共感の波は、マスメディアの無視にもかかわらず、深く静かにそして遠くまで広がっているのです。

原発が事故を起こした時の影響の深刻さは、マスメディアを含む様々なかたちでの情報操作にもかかわらず、普通の暮らしの人々の「これはオカシイ」という気づきに火を点けています。

普通の人々の政治参加、つまり「民主主義の実現」への期待は、無関心と見られる若い人の間でも行動として広がり始めています。私の身のまわりの学生たちを見ていても、これが単なる願望ではないことはわかります。

都会で賢い消費者であることに充足していた人々も、これまで札タバでヒッパタクようにして「原発立地」を買い取った歴史を多くの人々が知るようになり、事故が起これば、その住民が故郷を失い、暮らしを失っている現実がどういうことなのかを学び始めています。現実に抵抗し闘って、原発導入を阻止した市町村の数は、決して少なくないことも人々は知り始めています。人々は、闘うことを通じてこそ、民主主義は実現できると知り始めています。

日本国内にある原子力発電所の中でも、最も「火山」による噴火被害を受ける危険性が高いという指摘がある鹿児島県の九州電力川内原子力発電所の再稼働に反対する人々の集会に、この5月下旬、行ってきました。

ここでは「再稼働反対」を正面にかかげて闘うスタイルではなく、原発の過酷事故の際の自治体による「避難計画」がズサンであることへの不安を前面に打ち出す署名運動の展開という戦術が取られています。

これは恐らく、鹿児島県が「保守的」な地域であることからくる作戦。つまり国や県が推進する事業に、「お上」に向かって正面切って大声を出すことにためらいを感じる「空気」があり、一種の「一歩後退、二歩前進」を狙っての署名運動なのだろうと思われます。

この運動が展開されているのは、川内原発のある地元自治体の薩摩川内市ではなく、原発から5キロ圏30キロ圏にある隣のいちき串木野市です。

昔は、このいちき串木野市が接する海域では魚種も漁獲量も豊富だったそうです。その豊かな漁場も、原発から出る温水のせいか、水揚げは減少。このため地元で水揚げされる魚だけでは足らず県外や海外から魚を持ってきて加工する工場もあるという噂さえある状況。

漁港で少年が釣りをしています。

川内原発があるのは、川内川の河口の久見崎町。この漁港からほんの十数キロ先とのことです。事故が起これば、ここで釣り糸を下げる少年が「難民」の一人になるのは確実です。

鹿児島県の川内原発は、事故を起こしたフクシマ・ダイイチの原発とは原子炉の「型」が違うということで、原子力規制委員会による優先審査の対象にされ、早ければこの夏にも規制委員会から稼働再開のゴーサインが出されるのではと言われています。

アメリカの場合、万一の原発事故に対応する住民の「避難計画」が満足なものでない場合、原子炉の稼働は許可されません。しかし、日本ではアベ政権が繰り返し「世界一厳しい基準」と言っている「規制基準」なるものに、そうした「考え」は導入されていません。規制委員会が判断するのは、「原子炉」の安全性。「避難」については国の「防災基本計画」とやらで定められ、その計画立案の責任は、各自治体と立地県にあるのです。

この「新基準」のおかしいところはいくつもありますが、その一つは「避難計画」を立てる自治体の範囲を、これまでの10キロ圏から30キロ圏に拡大したにもかかわらず、再稼働や原子炉の建設に対する賛否表明の権利は、新しく責任ありとされた30キロ圏内の自治体には与えられていないことです。

この問題については、函館の市長が、津軽海峡を挟んで23キロ先、対岸の青森県大間町に建設中の原発について「30キロ圏の自治体に、建設の是非について権利を与えないのはおかしい」として、2014年4月に大間原発建設差し止めの訴訟を起こしています。

私が訪れた、いちき串木野市は人口3万人。市の半分以上が5キロから30キロ圏に入っています。それでも「立地自治体」ではないために、川内原発再稼働についての拒否権は無し。このため「避難計画」をきちんとしたものにしろと言う声が、住民からあがっているというわけです。住民たちは、鹿児島市内の反原発グループの応援も得て、人口3万人の半分、1万5千人を目標に、炎天下、住民の署名を集めてまわっています。

この日の集会には、ちょうど鹿児島県内の別の集会に出ていた国会事故調査委員会の元委員で、原子炉の専門家である田中三彦さんも来ていました。

この集会で田中さんが、先ず強調していたのは「現在の原子力行政は、原発事故は起こり得る」ことを前提としている点でした。これは3・11まで国が言っていた「事故はあり得ない」という前提を180度転換した前提です。

しかも現在の「規制委員会」なるものは、「安全な状況か否かの判断をするのではなく」審査対象の原子炉が、彼らが設定した「基準」に合っているか否かの判断をするだけ、なのです。実に妙な話です。住民の「安全」についての配慮は、この仕組みの中にはありません。

これまで、国も電力会社も、原発については「五重の壁に守られている」ので「安心」であると住民に説明して「了解」を得てきたわけです。ところが現在は、炉を守るためにベントによって放射性物質を原子炉から外に放出することもあり得るし、地震などでも「想定外」の揺れによって原子炉事故が発生することはある、という「基準」に変わっているのです。

住民にとっては、「話が違う」ということです。条件が変わったわけですから、事故が起こった時に影響を受ける住民の賛否を聞くべきなのです。

いちき串木野市の署名運動が問題にしている、住民が事故の際、避難する上での安全対策ですが、これが実にズサン。鹿児島県は、避難計画についてはあとで何とでも言える〝検討中〟という、表現にしています。そのインチキ臭い「検討中」の中には、こんなものがあります。

フクシマ・ダイイチの事故の際に多くの犠牲者を出した「要援護者（高齢者、入院患者、介護施設入所者など）」の避難先については検討中。

30キロ圏内の人々が避難する「基準」とされている空中線量が毎時500マイクロシーベルト(2時間で年間被曝線量限度1ミリシーベルト)を超える場合、避難のための移動手段を考えなければなりません。この時のバスの手配に関しても、まだ検討中。ヨウ素材の配布方法や30キロ地点に設定されるはずの「汚染検査場」をどこに設置するのかについても検討中。

鹿児島県は、避難先を「県内優先」という方針です。これまた混乱の原因になることは明白です。たとえば、「立地自治体」である薩摩川内市は、50キロ離れた鹿児島市を避難先にしています。ところが、この避難路は道が狭い。他の地域の住民の移動も合流することを考えますと、改めて地図を見るまでもなく大渋滞は確実なのです。

更に、事故の際の「風向き」などは検討要素に取り入れられていません。風向きによっては、放射性物質のかたまりと一緒に大集団が移動する、被曝されながらの避難になる「可能性は充分」です。ここでもスピーディによる予測はしないつもりなのでしょうか。

原子力ムラの維持、という少数者の利益を守るために「事故は起こり得る」という前提で、日本各地の原発を再稼働させる愚劣さを住民は認めるべきではありません。この鹿児島で、フクシマ・ダイイチの悲惨な事態を繰り返すことは、何としても防ぐべきだ、という想いは、現地を知れば知るほど、見れば見るほど強くなります。

涼風が吹きぬけた

この年、7月の京都はわずかながら梅雨らしい雨が降ったものの、暑くてたまらない日が続きました。大学の農具小屋の机の前に座っていて息苦しい感じがするので、温度計に眼をやると摂氏35度を超えている日も少なくありません。

7月18日、東京で開かれた「原発ゼロ・自然エネルギー推進会議」主催の講演会に行って来ました。アメリカの〝自然エネルギー推進〟のイデオローグの一人といわれるエイモリー・B・ロビンス博士の話を聞くためです。彼の話は、以前にも京都で聞いたことがありましたが、今回は「世界」的文脈で、分散型自然エネルギーの動向はどうなのかを知りたいと思ったわけです。

「原発ゼロ・自然エネルギー推進会議」は、先の都知事選に〝原発ゼロ〟を掲げて立候補した細川護熙氏や政界を引退したとはいっても、まだまだマスコミ動員力のある小泉純一郎氏も発起人として「参加」しており、そこそこに注目されている「脱原発」のグループです。

この日、東京虎ノ門で開かれた講演会は、500人くらい入る小さな会場が満員。民主党政権時代に、それぞれ首相を務めた鳩山由紀夫氏や菅直人氏も姿を見せていました。小泉政権時代に要職に就いていた自民党の元幹部の姿もありました。

一昔前のニュース映画を観るような感じです。こうした顔ぶれを見るだけでも、なかなか興味深い〝公演〟会場の様子です。

肝心のロビンス博士の話です。

本好きな方は、2012年に日本でも翻訳出版された『新しい火の創造』という著作で、この先生についてはご存知かもしれません。アメリカの「ロッキーマウンテン研究所」というシンクタンクを根拠地に、エネルギー問題を軸に、資源に関連する様々な分野での「問題解決」法の発見を主導しているそうです。政治的、党派的な「活動」からは、意識的に距離を置き、何事も「実務的」に解決するという姿勢が、大企業や各国政府など多方面からの「受け」を良くしているのだそうです。

党派性はない人と言われても、私から見ますと、原子力発電所など集中型のエネルギーではなく、風力・太陽光・小水力といった自然エネルギーの「分散型」エネルギー政策を提唱すること自体、日本では「イデオロギー的」「党派的」と見られるわけですから、改めて日本と西欧で考えられる党派性、「民主主義の風土」の差を感じてしまいます。

ロビンス博士の考え方を『新しい火の創造』という著書から拾ってみますと、彼の活動の目標は「資源の効率的で再生可能な活用」です。そのために様々な分野の「デザイン変更」を主眼とした「起業」を実践することが重要なのだそうです。デザイン、つまり制度の「設計」自体を変えてしまうわけですから、場合によっては事実上の「変革」です。それをデザインと表現することがミソなのかもしれません。

18日の講演は、３・11以降の日本とドイツの「エネルギー戦略」の差が、ドイツは経済力を強化し、日本は逆に弱めている現状を具体的に指摘することから始まりました。要するに、電力自由化を徹底せずに、巨大電力会社と原子力ムラを維持し守ることを優先した日本は、電力価格の上昇と化石燃料の輸入拡大に向かうことになりました。ドイツは逆にエネルギー資源の分散化を「実行」したことで電力価格の下落と化石燃料への依存を減らしました。この結果、ドイツは「経済」を活性化させているというのです。

ロビンス博士によりますと、ヨーロッパ諸国をはじめ、いわゆる先進国では、原発や大型の火力発電所の建設ではなく、分散型の自然エネルギーへの転換が急速に進んでおり、２０１４年現在、発電力の中で自然エネルギーが占める割合は、昨年上半期までにスペインでは45％、スコットランドで46％、デンマークで47％、ポルトガルで58％に達しているそうです。小さな国ばかりではないか、という声も聞こえて来そうですが、ドイツでもすでに25％で、ピーク時には70％にも達しているそうです。アメリカも本気で、２０５０年までに夏の需要電力の３分の2を自然エネルギーで賄う計画がある由。アメリカの連邦エネルギー規制委員会では、自公政権下の通産省が原発再稼働の理由として挙げている「ベースロード電源」という考え方そのものが「時代遅れ」と指摘しているとか。日本のマスメディアの記者たち、世界各地にいる特派員たちは、このあたりを取材して世界の「現状」を日本の読者に伝えてほしいものです。

ロビンス博士の講演内容そのものは、彼の本を読んでいたこともあって、改めて「そうか」と思うこともあまりなかったのですが、東京で開かれる集会に出ることは、久し振りに旧知の人々の顔を見る機会にもなり、ちょっぴり元気になることもありました。

ローカルの集会に行って気になっているのは、いわゆる「事務方」の人々の高齢化です。この日の講演会の事務方には、さすが東京というか、若い人も混じっていて、いわゆる老壮青のバランスが取れている感じがしました。聞くと、若い人は「ピースボート」のメンバーだと言います。都知事選の最中に細川事務所を訪ねた時も、このグループのメンバーが手伝っていたのを見かけたのですが、あの時のつながりが残っているということなのでしょう。

地方で行われる集会、デモにも、遠く東京からきちんと参加している作家の鎌田慧さんも来ていました。千葉で「農作業を時々やっている」と言う評論家の高野孟さんもいました。この「原発ゼロ・自然エネルギー推進会議」の興味深いところは、かつては「体制」そのものだった元首相たちが顔を並べる一方、メンバーに現在の日本の「体制」に対して厳しい批判を加えている人々も参加していることです。

会場に来ていたピースボートのメンバーである若い友人は、「何かが変わり始めている」と言います。かつて「体制」そのものだった人々も「〝原発事故〟のショックで現在のシステムの〝おかしさ〟に気づいた」と考えるべきではないか、と言うのです。こんな時に、つい「甘いんじゃない」と半畳を入れたくなるのを、じっとこらえて聞いていますと、若い人の心にあるとにかく小さなことの中にも「希望」を発見したいという心情が伝わってきます。

細川氏も小泉氏も、権力の維持という呪縛から解放され、一個人になってみれば「物事が客観的に見えるようになった」ということではないかと、若者は言います。酷暑の中の涼風でしょうか。

確かに冷戦体制はソビエトがロシアになることで崩壊し、左翼だの右翼だのというステレオタイプの発想がすでに成り立たない世界になってしまっていることは、事実上の資本主義国家、中華人民共和国の姿が「鏡」として、私たちの目の前に存在しています。

現実に存在する「困ったもの」を一つひとつ取り除いていくことで、少しでも、この暮らしにくい環境を変えていくことを、当面の目標にしても、何も不思議ではない時代なのかもしれません。民主主義という制度は、それを可能にする仕組みのはずです。

だとすれば、現在、一番困った存在、つまり原発を取り除くという目標で一致できる人々は一つにまとまれる、ということになります。

北極上空から見る世界

今年は、仲秋の「名月」をたっぷり味わうことができました。旧暦の8月15日を中心にして、十三夜、待宵、名月、そして十六夜と、いずれの日もわずかに雲が出たり、ほんの少々霞がかった感じの日はあったものの、連日、見事な月を拝むことができました。一晩中、寝ずに見上げていたわけではないのですが、秋の夜長というのは、一晩中、月を眺めて過ごすことができるほど美しい夜という意味なのだ、と気づきました。

9月末から大学も新学期が始まります。農作業のほか、私の場合「メディアリテラシーのための〝国際情勢論〟」という科目も担当しています。

この「国際情勢論」なる授業に「ニュース解説」のようなことを期待する学生もいるようですが、私の場合には、ものの見方の基本のようなものから始めます。

第1回の授業では、北極から見た「世界地図」を配ります。通常、目にする「世界地図」は、大抵、日本を中心にして右手に太平洋と南北アメリカ、左側に朝鮮半島と中国、ロシア、その奥に中東と欧州がついて、その下にアフリカもあります。

私が配る北極を中心にする世界地図は、アメリカとロシア、中国、欧州の関係が一目でわかる地図です。世界を「軍事」という「国際関係」から考える時、私たちが見慣れているメルカトール法による地図より、はるかに説明しやすいのです。この地図を頭に入れておけば、ロシアや中国のミサイルがアメリカに向かう時、日本の上空を飛ぶことなどないことはすぐにわかります。「ソビエト」にとってオホーツク海がいかに重要なのかも説明しやすくなります。千島列島の軍事戦略上の重要性もわかりやすくなります。

このタイプの地図の重要さに気がついたのは、私がテレビ局の記者をしていた頃です。東京の六本木にあった、当時防衛庁と呼ばれていた組織の取材を担当していた頃、その「防衛局長」の部屋に、この「北極から見た世界地図」が壁にかけてありました。その後、ワシントンで特派員をしていた時、アメリカ国防総省のエライさんの部屋に通された時も、この「地図」を見た記憶があります。「そうか、軍事専門家というのは、世界を、こんな具合に捉えているのか」と合点がいった次第でした。

学生たちに、こうした「軍事」の視点を伝えておくことも「世界情勢」なるものを考える上での第一歩として重要と考えたわけです。

アメリカの記者から教えてもらったことなのですが、アメリカの兵学校では「戦史」の学習から始めるそうで、何と、古代ギリシア、ペロポネソス戦争を記録したトゥーキュディデースの『戦史』を必ず学ばされるのだそうです。私も読んでみましたが、この本やたら細かくて長い。「戦争の本質」といったものを、日本人が考える場合は、「戦略家」の視点を学ぶことのほうが重要と思い、私の国際情勢論の授業では「孫子」についても学んでもらいます。15回しか授業がないので、読むといっても当然のことながらつまみ食いです。中心は、第3章の「謀攻篇」。有名な「彼を知り、己を知れば百戦して殆うからず」という言葉が出てくる章です。「情報」がいかに大切と考えられてきたか、犠牲を少なくして相手を屈服させることがいかに重要かが説かれており、現在の「戦争」と、その展開を読み解く上で応用可能と考えるからです。

「戦争」について考える場合、当然のことながら「軍隊」とは何かについても考えてもらわねばなりません。これは、日本の憲法第九条が何故「戦力はこれを保持しない」と述べているのかの理解にもつながります。更には「国を守る」ためにという理由で存在する「軍隊」なるものは一体何から「何を守る」のか。本当に普通の人の「生命財産」を「守って」くれるのか、くれたのか。これを「歴史」から学ぶ必要があると考えています。

これについては、今から69年前に「終わった」戦争の経験者の話は「体験」に基づく話であるだけに説得力を持ちます。

坂本龍馬の名は、殆どの大学生が知っています。この男を国民的知名度の高い男にしたことで知られる司馬遼太郎という作家がいます。彼が書いた「街道をゆく」の中の『沖縄・先島への道』は、「軍隊」特に大日本帝国の「軍隊」の本質を考える上では、重要資料の一つ。このあたりのことは、日中関係を説明する上で前提となるポイントです。

沖縄は、太平洋戦争の末期、そこに暮らしていた住民を巻き込む激しい戦闘が行われた地域です。この地で、地上戦闘を経験した人と、司馬は話をします。この時の会話に触れて、司馬は自らの終戦直前の強烈な体験を回想します。

この頃学生だった司馬は、「軍隊」というのは、国民を守るために、いざとなれば身を挺するものだと考えていたようです。どうやら彼は、天皇を守る「盾」になるのが「帝国軍人の務め」というイデオロギーに、完全には染っていなかったような書き方をしています。明治憲法を読めば明白のように、もともと「帝国軍隊」は、国民を守る「装置」ではありません。

いずれにせよ、彼も兵隊になり、栃木県の戦車部隊に所属しました。

当時の日本の軍部は、「降伏」など問題外として「本土決戦」を準備していたようです。ある日、この「本土決戦」について「大本営」から派遣された人が、司馬たち戦車隊のメンバーに説明に来ました。

少々長くなりますが、司馬遼太郎の文章を引用します。

〈そのころ、私には素人くさい疑問があった。私どもの連隊は（略）敵が関東地方の沿岸に上陸したときに出動することになっているのだが、そのときの交通整理はどうなるのだろうかということである。

敵の上陸に伴い、東京はじめ沿岸地方のひとびとが、おそらく家財道具を大八車に積んで関東の山地に逃げるために北上してくるであろう。（略）そこへ北方から私どもの連隊が目的地に急行すべく驀進してくれば、どうなるのか、ということだった。

そういう私の質問に対し、大本営からきた人はちょっと戸惑ったようだったが、やがて、押し殺したような小さな声で（略）轢っ殺してゆけ、といった。この時の私の驚きとおびえと絶望感とそれに何もかもやめたくなるようなばからしさが、その後の自分自身の日常性まで変えてしまった。軍隊は住民を守るためにあるのではないか。〉

司馬遼太郎の、この言葉は小説の中の誰かに言わせているのではありません。本人の若い頃の経験に基く「証言」の一つです。住民たちを「轢っ殺して」でも進軍するというこの論理は、決して発言している人の個人的意見ではないと司馬は考えます。

今年の後期の授業は、ウクライナ情勢、西欧列強が勝手に国境線を引いたことへの反撃であるイスラム国など、いくらでも材料はあります。私たちの世代が若い人々に伝えねばならないことは、いくらでもあるのです。

京都にも米軍基地が

日本列島を2週連続して襲った台風は、私がかかわっている大学の農園にも影響を与えました。影響といっても別に大きな被害があった、ということではありません。2回連続して、農作業の授業が休講になったということです。私としては、何ともスッキリしない気分。というのは、授業を休講にするかどうかの大学当局の判断が、その地域に「警報」が出されているか否かに自動的に〝連動〟しているからです。京都市がある時点で警報を出すと、激しい雨が降っていなくても、風が強く吹いているわけでなくても、台風がすでに通り過ぎていても、ほぼ自動的に〝休講〟になってしまうのです。これなら大学の責任は問われることはないと考えている人がいるためなのでしょう。

市役所の担当部局としては「市民の安全」確保、という意味で〝警報〟を出しているのでしょうが、〝警報〟を連発されますと、いささか〝羹に懲りて膾を吹く〟という感じがしないでもないという気が正直言ってしまいます。

この台風の数日後、京都府にアメリカ軍のレーダー基地が設置されることに対する反対の集会がありました。この集会について学生たちと話をしてみますと、そうした事実、つまり、外いることになり、その工事が始まっているこど自体を知らない学生が少なくないのに驚きました。

今どきの学生たちが「ニュースを何で知るのか」を、私の「国際情勢論」の授業を取っている学生を対象にアンケート調査で調べているのですが、彼らがチェックするのは「ネット」が殆どです。次がテレビとネット。そして、テレビだけという順位で、新聞でというのは、わずか2割程度。それも自宅から通学している学生に限るといってよい状態。

今の学生が新聞を読まないことを「嘆かわしい」と言う人は、学生のフトコロ事情を知らない人です。

彼らの昼食、夕食の中身を聞いてみますと、実に「厳しい」というか、「貧しい」のです。安い大学食堂や300円前後のコンビニ弁当はよいほうです。夕食は100円前後のカップ麺で済ますという学生もいます。外食ではなく、下宿に戻って自炊と言う学生も、実家から送られたコメを炊いて、フリカケやら、実に簡単な「オカズ」で済ませているようです。

京都は観光地ですから、飲食店は少なくありません。こうした飲食店で働く沢山の若者の多くは、学生アルバイト。飲食店のバイトを好む学生に聞いてみますと、全部ではありませんが「まかない」付きであることが魅力だと言います。アルバイト先の「まかない」食が一日で唯一の「まともな食事」と言う学生もいます。

こうした経済状態の学生にとって、1ヵ月数千円の新聞代は、恐らく大きな負担でしょう。「新聞は読んだほうがいいよ」とは言えても、「読まない奴はダメだ」などと言う気にはなれません。

そうした学生に、京都市内に米軍基地が設置される意味や理由を説明するのは、どこから始めればいいのか。

要するに「日米関係の現状」の説明です。

前に、国際情勢論の授業では、「北極から見た地球」の地図を見せることから始めるという話を書きました。この地図を見せれば、北朝鮮のミサイルがアメリカの首都に向かって発射させられると、どういうコースを飛ぶのかということは一目瞭然です。つまり、日本上空を飛ぶことなどないということです。

大学の国際情勢論の授業では、サンフランシスコ平和条約、日米安保条約、そして当時の日米行政協定と現在の「日米地位協定」の話をまとめてします。

授業が終わったあとの雑談で、京都のレーダー基地についての話を学生とする時は、単純な設定から話をします。

何で外国の軍隊が、日本に軍事基地を設置し、日本はそれに「ノー」と言えないのか、という「現状」から始めます。

アメリカは、世界で一番「軍事力」を保有している国で、アメリカは、それを「世界の安定」のために使おうとしているのではなく、「アメリカの利益」あるいは、アメリカの思い通りの「世界環境」を維持するために使っていることを、実例を挙げて話します。「大量破壊兵器」があるという架空の話をデッチ上げて、アメリカがイラク戦争を始めたのは、中東地域にも現在の日本のようなイエスマン国家を設置できれば、という長期戦略的願望と世界の「平和」よりもアメリカの「意志」を示すことが、アメリカにとって優先事項であったことを示す明確な事例ですから、これは極めてわかりやすい。

アメリカは、64年前、1950年6月に朝鮮半島で戦争が始まった時、最前線基地として自由に使える地域である日本列島の存在が太平洋国家としてのアメリカにとっては、必要不可欠であることを再認識し、現在に至っています。

アメリカは、翌1951年、敗戦国日本に懲罰的な制裁ではなく、極めて「寛大」な敗戦処理のサンフランシスコ講和会議を開く一方、かわりにアメリカが「好きな時に、好きな場所に、軍事基地を設置できる権利」を確保する「協定」を日米間で締結。その結果が沖縄の現状であり、京都のレーダー基地になったわけ、といった話になります。

そんな説明をすると、学生の中には「それって、軍事的な占領が続いていることと変わりないってことですね」と、きちんと反応する者が出てきます。

そういう学生には「武力による威嚇」を伴う直接的な「占領」状態と、「法体制による文配」という間接的な「事実上の占領」との違いを説明しなければなりません。つまり「日米地位協定」という法律的な占領の効果です。

アメリカが「日本の占領」と、その後の「日米関係」が「極めてうまくいった実例」と自画自讃をするのは、戦後、最近の民主党政権を含め「アメリカの思い通り」に対応してくれる自民党政権が続いていることを指していると付け加えます。

日本での治外法権が存在する実例としては、たとえば、アメリカ軍人の「出入国管理」に日本の法律が適用されていないこと、あるいは東京羽田や成田に発着する旅客機が、アメリカの軍用機優先の空の「環境」があるため、かなり無理な飛行を強いられていることなどの話に移ります。

若い人に話さねばならないこと、実に沢山あります。

ブルーライトと遺伝子組み換え

紅葉の季節も、今年はゆっくりと山全体が染まり始め、気がつくと、楓が色づき、桜の葉が赤くなり銀杏が黄色に染まっているという感じです。この時期、京都の観光寺社は、観光客で賑わいます。中にはライトを当てて夜間観光の人集めに邁進するところもあります。

京都市役所の近くのホテルの前の樹々には小さな電球が鈴なり。これは紅葉の時期を越えてクリスマスのあとも、年が明けてもイルミネーションの輝きを見せます。

今やＬＥＤライトは省エネであるという社会的合意が成ったかのように、葉を落とした樹に絡みつけたこの手のイルミネーションは、景観を売りものにする京都でも大活躍です。

その昔、時代劇ではお馴染みのセリフ「東山三十六峰、草木も眠るウシミツ時」なんていう静まり返った京都の夜の風情は吹っ飛んで、「草木」も心地良く眠れないほどの夜が明るい時代になりました。

ＬＥＤといいますと、「青い光」のＬＥＤは発明者が日本人で彼らがノーベル賞を取ったということもあるせいか、このところあまり、そのマイナス面について指摘をする人はいないようです。

しかし、夜が明るいというのは「地球史」という文脈で考えて、本当にそんなに喜ぶべきことなのでしょうか。

38億年前に地球に生命が誕生して以来、地上そして水中の命あるモノたち、動物はおろか、植物やカビなども含め、いずれも昼の光の世界と夜の闇の世界のリズム、いわゆるサーカディアン・リズムの環境で生きてきたわけです。

夜の時間も商品化してきたテレビ局で30年近く働いていたことのある人間としては、いささか気恥ずかしいことではありますが、テレビを含め、最近のスマホや様々な光源に使われている「ブルーライト」の生物への影響について、本当に、どのような深刻な「影響」があるのかをしっかり考えてみる必要を感じてしまうのです。

大学の1時限目は、9時に始まります。

午前9時というのは「会社勤め」という視点から視れば、極めて平均的。午前9時は、それほど早いわけではないのですが、教室に姿を見せる学生たちは、いかにも、みな眠たそうなのです。席に着いた学生たちの、ややむくんだ顔つきからもわかります。

一体「何時に床に着くの」と何人かに聞いてみますと、いずれも午前1時すぎ。いずれも授業にはきちんと出てくるし、ミニテストの点もそう悪くない真面目な学生たちです。

パソコンやケータイでのメールのやり取りで、どうしても1日の「作業」が終わるのが午前

1時すぎになり、すぐには寝つけずに、2時、3時に……という話。「眠気を覚ますような講義をするのがプロの教師ではないか」と言われそうですが、そこが難しい。学生の中には、なぐさめるように「これが午後からの授業なら、絶対、眠くならないと思うんだけど、1時限はきついですよ」と言います。

そこで、学生たちには折に触れ、夜はブルーライトを目にしないほうが良いというデータがある、従ってLED液晶ディスプレイのパソコンやスマホやケータイは、夜11時以降は触らないほうが良い。あるいは、体内時計であるサーカディアン・リズムが狂ってくると「デブになるぞ」とか、「加齢黄斑変性」という目の病気になって、年を取ってから失明する恐れもあるぞ、とかいろいろ脅してはみますが、火曜の朝、1時限の眠たそうな顔に変化は見られません。

私自身は、パソコンとやらとは縁のないまま、老後を乗り切るつもりです。前にも書いたことがあるのですが、有能な経営者と言われる、億万長者のIT事業者ビル・ゲイツが大嫌いだからです。

何故、ビル・ゲイツが嫌いなのか。原発と同じく、人類にとって百害あって一利なしと考える「遺伝子組み換え」研究の有力な応援団でもあるからです。

日本政府がアメリカの殆ど言いなりになっているのは、現在のアベ政権ばかりではありません。民主党もまた、アメリカにすり寄ることで政権を維持しようとしましたね。

私が念頭に置いているのは「ＴＰＰ」という日本の農業と食の安全を、アメリカの多国籍企業にそっくり売り渡すことへの流れを作ったのが、民主党のカン首相だったということです。２０１０年10月、次の月に横浜で開かれるＡＰＥＣに向け、その所信表明演説でカン首相はＴＰＰ参加の意向を表明し、更に原発事故のあった２０１１年の11月にハワイで開催されたＡＰＥＣでは同じく民主党のノダ首相も参加の意向を表明しました。

このＴＰＰ参加で、先ず脅かされるのは、日本の食の安全であることは明らか。遺伝子組み換え農産物大国アメリカは、たとえば「遺伝子組み換え」にかかわる表示について、「実質」が変わらないのだから、こうした表示はなくせという日本への圧力を強めるでしょう。

日本人は、狂牛病騒ぎの時、アメリカがいかに信用できない「検査」しかやらない国であるかを経験的に知っています。アメリカ政府が、巨大アグリビジネスの利益の追求を恥ずかしげもなく他国との交渉の場で押し出してくる国であることも知っています。

そのアメリカを代表するアグリビジネスに、モンサントという、これまた様々な危険性が指摘されている除草剤ラウンドアップを生産している会社があります。すでに御存知の方も多い遺伝子組み換え大豆や遺伝子組み換えコーンという種子の世界での独占を狙って世界規模で営業する企業です。ちなみに、このモンサントと親しい関係の日本の企業が「住友化学」です。この社長が、前の経団連会長のヨネクラ某氏であったことは、これも多くの人が御存知のこと。

ＩＴで巨万の富を手にしたビル・ゲイツが、ＩＴの次に「これは儲かるかもしれない」と目をつけた分野がバイオ・ビジネス。

ビル・ゲイツは、マイクロソフト社の巨額の儲けを基盤に「ビル・ゲイツ財団」を設立。このビル・ゲイツ財団が巨額の助成金を出していたのが遺伝子組み換え作物にかかわる研究でした。更に当然のことながら、ビル・ゲイツ財団は、世界的にもいろいろ問題が取り沙汰されているモンサント社の株主でもあります。

こうしたことを知れば、有機農家である私がビル・ゲイツを嫌いになるのは自然なこと。まだ原発事故に遭う前、福島で椎茸生産をしていた頃の私にとって、遺伝子組み換えを含め、食の「安全」を確実にするには、どうすれば良いかを考える立場だったわけですから、百姓にとってトンデモナイ危険な研究に資金援助をするビル・ゲイツは、「食の安全」という面からもトンデモナイ企業家の一人にすぎません。

ＬＥＤにしろ、ＩＴにしろ、金儲け主義と二人三脚でしかない「発明」の影の部分についても、若者たちにしっかり伝えることが必要と思っています。

第4部

潮目が変わる　2015年

「協同」組合の重要性を考える

「芽キャベツを今年やってみませんか。イタリア野菜のロマネスクも。学生たちは喜ぶと思いますよ」。4月から始まる新学期に向けて、助手のN君と大学の畑での夏野菜の作付け計画を立てました。

前期と後期それぞれ40人の学生のための圃場としては狭い畑ですが、毎学期、15回の授業で手応えを感じてもらうため、どんな野菜を育てるのかについての選択には気を使います。

前期には、定番のナス、キュウリ、トマト、カボチャ、ドジョウインゲン、大根や人参、ホウレンソウの他、加茂ナスや万願寺トウガラシといった京野菜も欠かせません。

種は、地元の農協のお世話になっています。肥料や鹿よけネット、猿よけネット、鎌や鍬といった資材も農協から購入しています。

正組合員の「株」は持っていませんから、「準」組合員という扱いなのでしょうが、資材や肥料を配達してくれる担当者は、大変親切です。

そんなことから普通の人に比べますと、私にとって「農協」は身近な存在です。マスメディアで「農協改革」などという言葉が飛び交う様子は、他人事のような気がしません。農協の友人に「アレは一体、何の騒ぎなの」と聞いてみても、「現場の私たちには、あまり関係なさそうです」といった返事。「本当に大丈夫なのかな」という気がする一方で、経済政策で手詰まりのアベ首相が、農業の分野でまた「何かやっているフリをするために、農協を材料に大袈裟なパフォーマンスをしているだけかもしれない」とも思ってしまいます。

そうは言っても「新自由主義」的政策を実行してきた自民党政権ですから、経団連、さらには海外の投資家たちの顔色を伺いながら、日本のローカルな経済に根を下した「農協」という世界に「改革」という、一見耳ざわりの良いクサビを打ち込んでいるのかもしれません。

日本を「世界で一番企業が活動しやすい国にする」。これが数年前政権に復帰したアベ首相の「宣言」でした。企業が「活動しやすい」とは、どういうことか。具体的には、国会で論議されるホワイトカラーエグゼンプションなど一定以上の所得の労働者に、残業手当を支払わない制度の新設などは、その一つでしょう。要するに労働者への利益の分配を少なくしようと考えているわけです。

企業が活動しやすいということは、グローバル化した経済環境で、多国籍企業が儲けを出しやすい仕組みをつくるという意味です。ある国の環境規制が、ある企業にとって邪魔と判断されれば、訴訟も可能という条項が、TPP＝環太平洋連携協定の中に含まれていました。これは「環境＝住民の安全と健康より企業活動優先」の思想の表現です。

「自由」とか「規制改革」とか「市場」といった、何となく「社会科学」的用語が使われてはいるものの、何のことはない「新自由主義」とは、自分たちの「資産」をより安定的に保持し拡大する条件を追求する「あるグループ」の強欲な活動の総称です。一昔前に通用した「支配階級」の欲望という言葉のほうがぴったりしているかもしれません。この「支配階級」を「富裕層」と呼ぶ表現も、最近は市民権を得ています。

イギリスのNGOオックスファムという団体の試算では、まもなく、世界の資産の50%、つまり半分を、世界人口のわずか1パーセントの富裕層が所有することになるのだそうです。「新自由主義」とやらは、この1パーセントの人々と、そのおこぼれにあずかる自発的隷従者である学者、政治屋、役人、そしてトリクルダウンとかに幻想を抱く労働者によって支えられているわけです。

ちなみに最近、その著作『21世紀の資本』(みすず書房、2014年)で日本でも話題になったトマ・ピケティさんは「富裕層に富が集まることを正すには、各国政府が協力して累進富裕税を課す必要がある」と提言しているそうです。しかし、この提言もアメリカなど先進国の政治家たちがすでに富裕層のお抱えになっている現状では、実現可能性はゼロでしょう。

「農協改革」とやらは、政府の言う意味とは別の文脈で必要と思っています。農協のお世話になっているからこそ、農家の友人たちの話を耳にするにつけ「今のままで良い」とは、決して思えないのです。

経営合理化は、どんな組織でも求められることがあります。しかし、現在の農協、特に合併後のあり方については大いに不満です。福島に暮らしていた頃、農協の施設や事務所が、合併後に地域の周辺部から消えて行ってしまったことを目にして、何をやっているんだ、と思ったことがあります。農業のことは全く知らないとしか思えない人物を、町会議員であるという理由だけで農協の理事にしてしまったことなど、農家の不満も聞いたことがあります。

農協は、そこに暮らす農家の経営と地域を維持する手段としての必要性から、農家が出資して設立され、運営される組織である、という「原点」が忘れられているのではないか、と思われることが少なからずあります。

しかし、しかし、なのです。

それでも一般論として今の日本の農村にとっては、農協はなくてはならない存在です。

それは何故か。

それは「協同組合」だからです。

「万人は一人のために、一人は万人のために」という言葉、ロッチデールという地名、そしてロバート・オーエンという社会主義者の名は、おそらく中学の世界史で耳にしたことがあるはず。英国のロッチデールで「公正先駆者組合」が結成されたのは１８４４年のことでした。

カール・マルクスの共産党宣言が発表されたのは、1848年。いずれも当時の覇権国家大英帝国本国における労働者階級の困窮、悲惨が極まっていた時代の要請から生まれました。

協同組合の発想は、経済格差が拡大し、貧困が深刻化する時代、つまり現代のグローバル化した資本主義に対抗する上で極めて重要な考え方です。競争を前提とした弱肉強食社会に対し、協同組合は、協働を含む地域の活動が基本。企業活動が利益の追求なのに対し、メンバーの、つまり地域住民の暮らしの向上「生活を第一」とすることが追求され、目標になるからです。

自民党政権は、郵政民営化や労働の「規制緩和」といった「新自由主義」に基づく政策を展開してきました。その典型であるコイズミ政権の「後継者」であるアベ内閣である以上、「新自由主義」の対極である思想に基づく「協同組合」を、つまり生協や農協を、機会あるごとに弱体化させようとしていることは明らかです。

農協もそろそろ、自民党支持から転換したらどうなのでしょう。自公両党に一泡吹かせるような存在感を農協が見せても良いのではないでしょうか。

休日デモの意味

日曜の官庁前・国会周辺に人影といえば、警備の警官隊以外、殆どありません。誠に静かでした。デモの参加者が時々張り上げる「原発再稼働ハンターイ」の声は、曇り空にまっすぐに昇っていきます。

3月8日、日比谷野外音楽堂で開かれた「反原発統一行動」の集会とその後の国会包囲デモに参加しました。

野外音楽堂そのものの収容能力は、およそ3千人ということで、入り切れない人々は公園内の道路に、デモの隊列にすぐ参加できるようグループごとに集まっています。

この日の集会で、久し振りに作家の広瀬隆さんと出会いました。彼も私も参加している老人クラブ「古稀の会」の他のメンバーである原子力技術者の田中三彦さんや、物理学者の藤田雄幸先生の近況などを、広瀬さんから聞くことができました。みなさん元気に持ち場、持ち場で健闘中とのこと。

この日の統一行動の呼びかけ団体の首都圏反原発連合事務局の話では、この日集まったのは、およそ2万3千人。昨年の同じ頃に比べて〝動員数〟は減っているようです。

デモの隊列に、広瀬さんと一緒に入りました。さすが東京のデモ、参加者には若い人々も多数います。

経産省前で「テントひろば」の人々が頑張っています。泊まり込みでテントを守っています。この「テントひろば」については、経産省が「管理権」なるものを振り回して立退きを要求する「訴訟」を起こしています。この「訴訟」、「表現の自由」そのものにかかわる問題なので、整理しておく必要があるようです。

改めていうまでもないことですが一応、念のためです。私たちが日比谷の野外音楽堂で集会をし、国会デモができるのは、憲法第21条1項の「集会・結社及び言論、出版その他一切の表現の自由は、これを保障する」という国民の「基本的権利」の「実行行為」であるからです。

さらに付け加えれば、何か権利が踏みにじられそうな場合、私たちが「権利を守る」ために行動するのは、国民の義務であることも、憲法では定めています（憲法第12条）。

この「テントひろば」は、反原発を主張する様々な人々に支援されています。その支援グループの一つである「たんぽぽ舎」は、メルマガを通じ、この「テントひろば」撤去を求める経産省の訴訟は、「裁判を利用した言論抑制」であると専修大学法学部の内藤光博教授の意見を公表しています。

非常に明確な問題点の指摘ですので、この情報を読者の方々と是非共有したいと思います。

内藤教授は、以下３点を挙げています。

①　経産省前の「テントの設営、及び泊まり込み」は、「集会の自由」の実行行為で、ここでの意見表明活動は「人間に値する生存」を維持しようとするための行為で、そのための「表現の自由の保障」がとりわけ重要である。

②　この憲法上の権利は、経産省の〝管理権〟なるものより「優位」にあると考えるべきである。

③　この経産省の訴訟そのものが「裁判を利用した言論抑制」で、実質的な表現の自由の侵害である。

としています。こうした裁判は、小さな「事件」のようにも見えますが、今後の様々な表現の自由にかかわる〝活動〟と深く関係するものです。私たちが「憲法を生きる」ことは、どういうことなのかを考えるうえでも、しっかり腹をくくることが極めて重要ではないでしょうか。

国会の議員面会所で、議員先生に手を振りながら永田町の人々は〝安全〟ということを、どんなふうに考えているか気になりました。

アベ政権が「安全が確認されれば再稼働」と言っている、この「安全」という言葉です。

アメリカ原子力規制委員会のグレゴリー・ヤツコ元委員長が、今年２月日本を訪れ、参議院の議員会館で講演しました。この講演でヤツコ元委員長は、「福島原発事故後、安全であるとは、発電所周辺の住民が避難しなければならなくなるような事故は決してない、ということでなければならない」(岩波書店『科学』2015年3月号)と述べ、日本政府のこれまでの対応について〝アメリカの原発規制の基準〟では到底受け入れられない発想であると厳しく批判しています。

アメリカの原子力規制委員会は、原発の設置、稼働、監視について、日本の原子力規制委員会に比べ、はるかに独立性が高い機関です。

日本政府が取っている原発再稼働などについての考えは、「原発事故は起こり得るものである」が、「その場合の避難計画は関係自治体が立てる」ものとする、といった極めて無責任なものです。政府は、繰り返し〝世界で一番厳しい基準〟などと発言をしていますが、無責任な者がいう「安全」に何の根拠もないことは明らかです。原発周辺の住民を放射線被曝から守る意志が全くないことも明白です。

「安全」というのは、人々が身体的にも精神的にも、経済的にも全く害を受けることがない状態です。将来住民たちが原子力施設の存在から何らかの危険、害を受ける要素はすべて排除されるべきなのです。「害を受ける可能性」が全くない、ゼロであることが求められねばなりません。百歩譲って「電力エネルギー」の確保が「公共の福祉」であるとしても、現在の日本は、原子力発電以外の電源の確保が可能になっています。むしろ、その方が安いことすら明確になっているわけです。「公共の福祉」のために「原子力発電」＝「住民が被害を受ける可能性」を住民が引き受ける理由は、どこを押しても出てくるはずは、ないのです。

国会前霞ヶ関周辺の日曜日のデモなど、誰も受け止める人がいないのだから「意味ない」と考える人がいるかもしれませんが、それは違うと思います。私たちの世代は、デモなど、当然の憲法上の権利であり、場合によっては義務であるとさえ考える世代です。しかし、若い世代はデモ行進に参加した経験は、圧倒的に少ないと考えられます。ですから、休日の〝静かな〟行進も、憲法上の権利を行使するそうした経験を若い人が体験し始める機会と考えられるのです。休日の誰もいない通りをデモ行進することも極めて意味があるわけです。

京都「市民ネット」が市議選参戦

市民の一人として〝声をあげる〟ことから〝政治〟の世界に、具体的に第一歩を踏み出した3人が、今回の統一地方選の京都市で獲得したのは、3人あわせて4796票。あわせての票数ですから、市議会議員に当選できたわけではありません。

私は、具体的人数を頭に描く時、日比谷の野外音楽堂を思い浮かべます。あの会場のコンクリートの席が満員になった時が、およそ3千人。

4800人というのは、その1・5倍強。つまり日比谷の野音一杯の人々が普通のオジサン、オバサンを支持してくれたわけです。これはスゴイと思ってしまいます。

京都に「市民ネット」というグループができて、4月12日投票日の統一地方選に、左京区と右京区それに下京区の3つの選挙区から京都市議選に立候補する予定だ、という話を聞いたのは3月初旬でした。

早速そうした動向に詳しい市民環境研究所の石田紀郎先生に電話をしてみますと、「その通り」という返事。石田先生は、京都大学の教授を永らく務めた環境問題の第一人者。自分のフィールドにこもっているだけでなく、自ら積極的に様々な社会活動に参加している、「知識人」

の鏡のような先生。知り合ったのは、反原発講演会が京都大学で開かれた時に、京都に避難してきたばかりの私に声をかけてくださったのがきっかけでした。この時以来、京都の反原発運動、再稼働に対する京都市や京都府の対応などを知りたい時には、常に市民環境研究所に電話をしては教えてもらっていた、というつながりです。

京都の反原発グループは、3・11以降、京都駅前の関西電力京都支店前で、東京の〝金曜デモ〟と呼応するように、時に集会を開き、時にデモをするという感じで活動してきています。今回誕生した「市民ネット」は、この活動の延長上にありました。

彼ら3人の出しているビラには、いずれも反原発の闘士、山本太郎参議院議員、それからやはり反原発を掲げて一昨年の参議院選挙に挑戦した三宅洋平さんが推薦の言葉を寄せています。三宅さんは、日本国中から1万人の人が選挙に立候補することから〝世直し〟は始まると、普通のオジサンの一人であるロクローさんら3人の立候補を支持。

3人を紹介します。先ず、左京区で「ノンベクレル食堂」というレストランをやっていた広海ロクローさん。「ノンベクレル」とは、放射性物質を全く含まないの意。次に生活協同組合の職員の白塚悦子さん。彼女は下京区からです。もう一人は、右京区で陶芸をやっている鈴木勇子さん。いずれも選挙で第一に掲げたのは〝脱原発を京都から〟という主張。ロクローさんは、これに〝地域から戦争反対の声を〟と京都市民も反戦・平和に自覚的であれ、という目標を掲げました。白塚さんと鈴木さんは、市議会の改革が必要であるとして、「議員報酬」が現在1447万円であることは高すぎる、半分にすべきと提案しています。彼女たちが実施した日本の1788自治体を対象にした調査では、市議会議員の報酬は平均約676万円。全国平均と比べて、京都市の議員さんは倍以上。このほか調査費というのが追加されますので、実質は2千万円近くになります。

ロクローさんが〝戦争反対の声を〟と主張しているのは、京都市議会が昨年「集団的自衛権行使容認に反対する要請」を不採択にしたことへの批判です。京都市議会の第一党は自民党で、第二党が民主党、共産党が第三党で、次が公明党でした。議席の数としては、国政と同じく、自公が組めばアベ政権応援自治体になってしまうわけです。

さて12日の統一地方選の結果ですが、3人とも落選。私は、選挙期間中、ロクローさんの応援で、3回ほどの街頭演説をしたほか、区内の中学で開かれた個人演説会でも話をしました。白塚さんの立候補した下京区にも1回訪れ、2箇所で街頭演説をしました。鈴木さんの右京区まで足を伸ばすことはできませんでした。正直「街頭演説はチョット」という気がしたのですが、3人が勇気を出して具体的な行動を取り始めていることに対して、彼らへの支援の気持ちを、只々投票行為だけに矮小化するわけにはいかないと思ったのです。

私は、京都に暮らし始めてまだ3年。昔からの住民にとって、私は他所者です。京都のような保守的な場所は、以前暮らした福島の中山間地と同じく「ムラ」社会です。こうした地域の住民には、古くから住んでいることが、そのこと自体で「価値がある」といった感情が作用するものです。１２００年の歴史を持つ都市の住民にとっては、極めて自然な気持ちなのだろうことは、毎日の暮らしを通じて、かなり感じていたことでした。ですから、私のような他所者が応援演説などしようものなら、かえって票を減らしてしまうのではという気がしていました。他所者が目につく行動を取ると、保守的な感覚の人々は、考え方によって判断するのではなく、どこで生まれたかというような同朋意識の世界に一つ飛びに飛んで行ってしまいます。従って〝応援演説〟などマズイかもしれない、という気分だったわけです。

そのことをロクローさんに言うと、「左京区は、京都市内でも新しく開けた地域、そんなに気にしないでも良いでしょう。京都市内の中心部に住む人たちとは違うタイプの人々です」と言われました。

ロクローさんの事務所は、ボランティアの支援者で一杯になっていました。選挙運動の最終日に事務方の責任者の人に「ボランティア登録した人は、何人くらいですか」と聞きましたところ、名簿をめくりながら「５００人は超えているかも」と言います。「なかには東京など他府県からも」なのだそうです。

スゴイ、と思いましたが、問題は、この人々が何をするのか、ということのようにも感じました。

以下、選管の発表した3人の得票です。どの選挙区も4千票は取らないと当選はできません。
・下京区　白塚悦子　1017票
・右京区　鈴木勇子　1497票
・左京区　広海ロクロー　2282票
京都市議選の全体の結果は、過去最低の投票率が一番の特徴になりました。同じ日に行われた府議選が41・75％、市議選は40・95％（選管発表）。私が暮らしている左京区は、平均より多く、市議選で45・63％という結果でした。府議会、市議会ともに議席としては、相変わらず自民党が第一党になりましたが、第二党は民主党にかわって共産党が躍進という状況です。

課題は、この「市民ネット」の今後です。ロクローさんや白塚さん、鈴木さんという今回頑張った人々を中心とするネットワークが、どのように展開するのか、ということです。政党ではありませんから〝ゆるやかなつながり〟であり、〝目標で一致できる仲間〟たちです。

潮目が変わり始めた

海釣りを経験したことのある人には、お馴染みかもしれません。「潮目」という言葉があります。海面に見える二つの潮流の境い目のことです。

「傍観する」という大きな流れが「それじゃあダメなんだ」という流れに変わりつつあるという手応えを、このところ感じています。つまり潮目が変わりつつある感じです。

あるいは「そんな所を掘っても水など湧くわけないだろう」と言われていた土地に、ところがどっこい、水脈があったという感じでもあります。

国会での安保法制論議は、憲法学者がアベ政権の提出した一連の安保法制は「憲法違反」と述べ、時計の針を一年前に戻してしまいました。安保法制に反対する動きのほうでは、京都でも、若い人が動き始める気配があるのです。

東京の反原発集会に参加しますと、若い人が多いことにびっくりします。地方では、こうした集会の参加者の殆どが高齢者、あるいはそれに近い人です。

ですから、この時代に多くの人が共有しているはずの「これはおかしい」という気持ちを集会やデモという明確な意志表示、あるいは行動に結びつける「回路」が、今の地方の若い人には欠落しているのではないかとさえ思い込みそうでした。

しかし、そう判断するのは早計だったようでした。「おかしいじゃないか」あるいは「それじゃあダメなんだ」という想いは、実は、若い人の中でも蓄積されてきており、少しずつ高まった圧力は、一部「臨界」にまで近づいていたのかもしれなかったのです。

そんなことで喜んでいては「甘い」と言われそうですが、こんなことがありました。

山の畑で作業をしていた時です。顔見知りの学生が二人、ビラを持ってやって来ました。「今度、6月21日、円山公園で私たち集会とデモをやる予定なので、先生も来てください」と言われました。

これまで学生に飲み会に誘われたことはありますが、集会とかデモに誘われたのは初めてのことでした。「デモって、何のデモだ」と聞くと、「アベ内閣の戦争法に反対する集まりですよ」と言います。4月の統一地方選挙の時に「市民ネット」というグループを立ち上げて市議選に出馬した広海ロクローさんの選挙事務所をのぞいた時、若い人、学生を含めてのボランティアの人々が、実に沢山いることに気がついてはいたのですが、正直言って大学内で「デモの誘い」には、びっくりしました。

こんな書き方をすると学生に怒られそうですが、今時の京都の学生たちが自分たちで、政治的なテーマの集会を組織し、しかも円山公園という京都でも〝大舞台〟でやることなど予想だにしていませんでした。

学生たちが独自のデモや集会を組織することは、昔は「当たり前」でした。しかし、それは半世紀前のことです。１９６０年代後半の全共闘運動や１９７０年代前半のベトナム反戦運動の高まりのあとは、かつてに比べ信じられないほど強化された大学の「管理体制」とともに、若者、学生たちの「政治離れ」は進みました。

今、若者たちは、再び「政治の季節」を招き寄せようとしているのでしょうか。

50年前に比べて、同世代の若者の中に占める学生の割合は増えました。私が学生だった半世紀前、同じ世代に占める学生の割合は、10～12％と言われていました。現在、同じ世代の半分以上が、大学などのいわゆる「後期高等教育」を受ける立場にあると言われています。このこと自体、文句をつける筋合いではないでしょう。気になるのは、親たちの負担の増大です。

学生たちと話をすると「奨学金」の世話になっている者の多いこと。この「奨学金」、住宅ローンと同じで借金です。つまり教育ローンの別名。要するに借金をして「大学進学」を実現している人々の多さです。そして彼らが、低賃金のアルバイトに精を出さざるを得ない「構造」も定着しています。

借金を背負って卒業し、卒業後、就職してすぐに借金を返済し始めるわけです。就職と言っても「ひょっとして正社員になれるかもしれない」という期待で「臨時」雇用者になっても、その少なからずの者は、自分は使い捨て要員の一人にすぎないことを、早ければ半年後、長くて数年後には気づかされるケースは、よく聞く話になっています。

トリクルダウンなどという、株価上昇などによるお零れ頂戴は、現実問題として一部の人の話で、多くの若者にとっては夢のまた夢であることを、私のまわりにいる学生たちの多くは噛みしめることになっています。先輩たちの風の便りが後輩たちの耳に届くのに、そう時間はかかりません。先輩たちの切なさと溜息が、それこそ零れ落ちて来ます。

学生たちと話をしていますと、彼らの「気づき」の連鎖に、危ういところはないことがわかります。闘うこと、闘う意味など考えたことなどなかったとしても、闘わざるを得なくなっていることに気づかざるを得ない状況は、とっくに生まれていたわけです。

原発反対の声に、耳を貸そうとはしない偽政者がいます。それに抗議するために、国会周辺に沢山の人々が集まっても、それを報道しようとしないマスメディアがあります。不安定な労働の現場があります。社会に出たばかりの学生たちに、自分は無能力者であると思い込ませようとする職場があります。

こうしたことがすべてつながっていることに、若い人たちが気づき始めました。仲間内でのラインでのやり取りだけでは何事も解決しないことに気づきます。この世界がどうなっているのか知ろうとしないといけない、と気づきます。自分たちの見通しをひどい状態にしている何者かが存在することが見えて来ます。実に沢山の「気づき」と同じように「気づいた」仲間が存在することもまた新鮮な「発見」になります。

沢山あるおかしなこと、どうやらその中心は「アベ」という男らしい。自衛隊で何年か働いて、調理師の資格を取ることが「夢」だった友人を、戦場に連れて行こうとしている男の名も「アベ」というらしい。ジイさんやバアさんは、「戦争はひどいものだ。二度と起こしてはいけない」と言っていたが、どうやら、その「戦争」とやらで儲けるヤツがいるらしい。「アベ」という男のジイさんは、昔、日本が中国やアメリカと戦争した時の責任者の一人だったということらしい。学生たちの「気づき」の連鎖は展開します。

これから日本がアメリカと一緒になって戦争を起こすかもしれない。アメリカ人と一緒に日本人が中東でアラブの人を殺すことになるかもしれないらしい……。これは、いずれも良くないことだ。そもそも、憲法違反じゃないか。

若者たちは、こんなことを実感し始めているようです。自分たちの「未来」を取り戻す時が今だと感じ始めているかもしれません。そんな学生のグループに依頼され、夏休みの間、週１回の勉強会をスタートすることになりました。何の勉強会か、と言えば「日本国憲法」を先ず読み直す会です。

情報操作の夏に

山の畑で、ウドンコ病に罹ったプリンスメロンの葉を一枚ずつハサミで取り除く作業をしていた時です。7月15日の昼過ぎ、学生が一人、息せき切って山を登って来ました。「何を慌ててるの。熱中症になるぞ」と言うと「戦争法が強行採決されました。今、ユーチューブでやってました」と叫ぶのです。

〝強行採決〟は、予定通りで、つい数日前の憲法の勉強会でも学生たちに説明したばかりでした。「自民党は、7月15日には、特別委員会で強行採決するだろうと、新聞各紙は報じている。9月27日まで会期を大幅延長したものの、衆院で3分の2の多数を握る自公政権も、参議院では衆院ほど多数派ではない。万一、可決しない場合もある。その場合、衆議院で再可決して法案を成立させることも予想した作戦だ。強行採決して、内閣支持率が下っても、国民は、すぐ忘れるだろうと、国民をナメている。従って7月の12日から始まる週には、数にモノを言わせる手法をアベ内閣は使うだろう」と説明したのでした。

この学生、本人の話によりますと、これまで政治には全くといって良いほど興味が無かったものの、バイト先の友人から刺激を受け、「世の中、おかしいと感じているのは自分だけではないこと」を知り殆ど皮膚感覚的に「世の中の仕組み」としての政治に興味を持ちはじめその矢先に出会ったのが「憲法違反」の「戦争法」問題だったわけです。

国会での「強行採決」を「目撃」したのも彼は初めてだと言います。「おかしいですよね、あれは。だって国民の大多数が〝おかしい〟と思っている法案でしょ」と眼に涙を浮かべる純情さに、少々びっくり。

しかし、民主主義の原点から考えてみますと、学生の純情さは正しいのです。自公政権による「強行採決」なんて珍しくもない、という感覚になってしまっている私の神経の方がおかしいのかも知れないのです。自分がいかに、正常さを失っているのかを改めて反省させられました。

「何か、すべきではないですか。こんなことおかしいですよ」と言う学生に「仲間にメールして〝おかしいじゃないか〟という声を一斉に上げたらどうか。そういう君の思いや考えを書いたビラを学内で撒いたら良いだろう」と、とりあえず、のつもりでアドバイスしました。ところが「ここでは、政治的な問題を大学内でアピールするのは、学則で禁止されています」と言うのです。「何だって」と思わず大きな声が出てしまいました。

学生の説明を詳しく聞いて、正直言って、大学の管理のありようの変化に、改めてびっくり。私の勤めている大学が、特別なのか気になり、その後大学で教えている友人の何人かに電話をしてみました。近くにある女子大の先生は「随分前から、うちの大学でも学生の学内での政治的活動は事実上禁止されています」と言います。京都市内の別の大学の先生も、似たような状態というのです。

国会は、つい先日、来年の参院選から、投票できる年令を18歳に引き下げたばかりです。学生たちが「政治」に関心を持つ良い機会、学生たちが政治的なテーマについて考える機会を、大学自身が奪ってしまっておいて、学生たちに「選挙には行きなさい」などと、どのツラ下げて言えるのでしょうか。

「最近の若い連中は、言われた通りのことを上手くやるけれど、自主的に動こうとしない」などと言うオトナの言葉をかなり頻繁に耳にします。

「アレもいけない、コレもいけない」と制限を受け、他の人々と同調することが「和」であるとされ、あえて「異を唱える」ことへの躊躇。排除されることへの恐怖。これが小学生の頃から注入され続け、ようやく大学生になることができた若者。こうした彼らにとって、自らの意思で動き出すことは、かなりの勇気と意思が必要なことは、明らかです。うっかり「自主的」な行動などを取って、「否定」的対応を周囲から引き出すことになっては、バカバカしいと思い込むのは、自然なことなのかもしれないのです。

こうした学生を取り巻く環境を考えますと、安保法案＝戦争法に反対して京都でも活動している「自由と民主主義のための学生緊急行動シールズ関西」の学生たちは、スゴイと思ってしまうのです。

昔は「学生自治会」という大学公認の組織が殆どどの大学にもあり、活動予算は入学の時に大学側が学生に代って集めてくれ、自治会は、その金を自由に使うことができました。これに対して、シールズの学生たちの活動資金はカンパです。

昔の学生の自治と言っても、全員が加盟し、クラスでの討論を基礎にする全員参加が建前としてでも存在したのは、先輩たちの話を聞いても50年代の終り、つまり60年「安保闘争」の頃まで。その後はそうした「全員参加」の「たてまえ」も成立させることは難しく、私が大学生だった頃を想い出しても、各セクトが名乗る「全学連」は残っていたものの、実態は「やる気」のある学生を基礎にした「文科系サークル連合」のようなものを軸とした学生の集まりによる「運動」に変化していました。

私の知る限り「全共闘」時代にしても、もはやどの大学でも「クラス討論」を基盤にして認識を共有することなど殆ど無くなって来ていたような気がします。こうした過去の学生運動から考えますと、本当にシールズは良くやっているのです。

安保関連法案が衆院の委員会で〝強行採決〟される直前に発表された新聞各紙の世論調査結果（除くサンケイ）はアベ自公政権の支持率が低下し、不支持率が支持率を上回るケースさえ出ていました。

強行採決から数日後、7月下旬に開かれた学生たちの勉強会に招かれた私は、現在注意すべきこととして次のような話をしました。

一般的に政権が弱体化したと言われる状況は、支持率が急激に20％台に下がる事態が生じたあとである。

こうした時、政権は「ダメージ・コントロール」と言われる人気回復策を取る。今回は、建設費が2520億円以上にもなると言われ国民から厳しい批判を受けている国立競技場建設問題が白紙にされた。「アベ総理の決断」が演出された。〝自民党感じ悪いね〟に対して、〝国民の声に耳を傾けるソーリ〟を演出した。

これをどう受け止めるのか。

要するに自公政権は「支持率」を気にしている。そのため国民に強行採決のイメージを忘れさせたい。どうでもよい「アメ」が提供されるかも。

忘れさせるために大衆的な影響を持つテレビへの介入をより巧妙に行うだろう。政治家たちのメディアへの介入をしっかり監視する必要がある。

情報操作は、適当なこと、ウソをばら撒くことだけでなく、マスコミが飛びつくと予想される「ニュース」を提供することで、安保法案など国民が否定的に注目する可能性があるニュースが小さな扱いになるような操作も行われる。スポーツや芸能人のスキャンダルなどは、そうした道具にされやすい。

概ね、こんな話をしたわけです。

デモや集会を経験した後の学生たちは、農作業の実習の後と同じように、集中力の高い顔つきに変わっています。

「集会の自由」を実現する

鹿児島の久見崎海岸の陽射しは猛烈でした。九州電力川内原子力発電所再稼働に抗議する現地集会に参加してきました。

暑さが少しの衰えもみせずにいた8月8日、冷素麺と冷奴の夕食を済ませ、シャワーでも浴びようかと思っていた矢先、鹿児島の友人から電話がありました。

「鹿児島県が集会予定地の使用許可を出さない」というのです。集会予定地というのは、原発再稼働に抗議する8・9現地集会の開催地、久見崎海岸のこと。久見崎海岸は、川内原発までほんの数キロの地点にあって、浜辺の松林越しに原発の建屋が見えます。

川内原発の再稼働について、県知事や地元市長は事実上賛成の原発推進派。反原発グループの抗議集会のための「場所の使用許可」を出さないという県や市の姿勢は、県内では「反対」の声をあげる人々が少ないだろうと、反対派の声を軽く見ての動きなのでしょう。

そういうことなら、わかりやすいことです。「権力」の側が、少数といえども住民大衆の思いを力ずくで圧殺しようとしているなら、「原発」によるおこぼれを期待する「地元」の外では、数多くの日本国民の「再稼働反対」の声が存在することを鹿児島県当局、その背景のアベ政権と経産省官僚たち、さらに国際的原子力ムラの連中に知らしめる必要があるということです。こちら「反対派」としては、可能な限り人数を集めることが目標になれば良いわけです。聞けば、東京から鎌田慧さんも77歳の老体を引っ下げて参加する由。鎌田さんは、私が最も尊敬するジャーナリストの一人。彼よりもずっと若い私が京都にいて「暑い暑い。今年の夏は何とも暑い」などと言っている場合ではありません。

8月9日、長崎に原爆が投下されて70年目の早朝、大阪発の新幹線さくらに乗り込み、午前9時半過ぎに鹿児島の川内駅に到着。「現場近くまで運んでくれるバスがあるはず」とウロウロしていると、やはり京都から来た「戦争をさせない京都1000人委員会」の友人とバッタリ会いました。「車があるから一緒にどうですか」との誘いに、渡りに舟と乗り込みました。会場の久見崎海岸の空は青く晴れ上がり、絶好の海水浴日和。太陽はまぶしく、光が肌に食い込む感じです。

この日の集会は、県下36団体の共催ということで、昼近くには様々な色の旗や幟を先頭に人々が集まって来ます。作家の広瀬隆さんや鎌田慧さんもいます。

主催者の一人らしい若者に「会場について許可は出たの」と聞きますと、「いや、8月3日に不許可ということで、こちらから異議申し立てをしている状態のままです」とのこと。

現地に来て、集会の場所を見てわかるのは、集会を開くことで周辺に影響を与える可能性もなく制限する理由は「全くないこと」です。

今さら、そもそも論でもないだろうと思われる方もいるでしょうが、日本国憲法が保障している「集会」あるいは「表現の自由」を読み返してみましょう。日本国憲法は、次のように述べています。

① 集会、結社及び言論、出版その他一切の表現の自由は、これを保障する。

② 検閲は、これをしてはならない。通信の秘密は、これを侵してはならない。

極めて明確です。世の中には、特に権力を持っていると考える人々の中には、こうした「原則」を好ましくないと思う人々がいることで、ややこしくなっているだけです。

集会やデモ行進についての規制が、その一つです。主権者である国民が必要と考えれば、集会の場所について地方、中央を問わず、公僕である役人が注文をつけること自体、憲法の原則から言えば、おかしいことです。ましてや原発再稼働は主権者である国民自身の生命、財産にかかわる緊急事態です。これについての意見表明と集会をする場所の選択は、主権者自身が決めることです。

かつて60年安保の6月、学生たちは労働者とともに主権者として「国会構内」で集会を開こうとしました。憲法の原則から言えば、これも決しておかしいことではないのです。

憲法を「生かす」ということは、主権者である私たち自身の生き方として行動によって憲法を実現することです。「保障」は、紙に書かれたコトバではなく、私たちの行動によって担保されて、はじめて「保障」になるのです。このことは、何度でも確認する必要があることです。

8月11日の川内原発再稼働実現は、アベ政権にとっては、多少国民の支持率の低下などがあっても実現したい大きな目標でした。衆議院での「戦争法」強行採決と同じく、当面の戦略目標だったわけです。この「再稼働」実現は、アベ政権が「原子力ムラ」を保護しているという姿勢を見せ、世界的原子力ムラというシステムに忠実であることを示したことになるのでしょう。彼らに認められるために、アベ政権は日本国民の生命財産を捧げることも辞さないという意志を表明したわけです。

この世界規模の原子力ムラの連中は、福島原発事故が「収束」などしていない現実を、私たち以上に知っているはずです。

「内部被曝」の恐ろしさについても同様でしょう。知っているからこそ、世界中の人々が恐ろしさを「知る」ことを妨害しているわけです。

彼らの新しい「安全宣伝基準」、新しい神話である「原発被災地に暮らしても問題ない」の宣伝は、マスメディアの協力を得て、効果を発揮しているようです。

現在の日本政府の原発再稼働にあたってのの宣伝戦略の基本は、かつての「絶対安全神話」づくりから「事故が起こっても大したことない」という新しい神話づくりに変わっています。現在、鹿児島県民が県知事をはじめ県内いくつかの市町村首長に「原発支持」の人々を選んでいることと自体から透けて見えることがあります。これは県民の多くが、かつての「安全神話」に洗脳されたままであるか、あるいは「事故があっても大したことなく済む」というどちらか、あるいは両方の「神話」のとりこになっている可能性です。

そうでなければ、火山活動の影響、住民の避難といった当面の課題、そして原発を再稼働させることによって増えるプルトニウムの処理コスト、さらには、実に天文学的な数字が予想される老朽原発の廃棄処分にかかるコストなどの検討を抜きにした、とりあえず再稼働という、およそ知性のない選択などがあり得るはずはないのです。いずれも結局は、税金＝国民の負担で処理されるという予想に基づく安心感、やがては目覚める可能性を含んでいるとしても、当面は目の前の利益優先の麻薬に身体全体がマヒしている住民が存在しているからこそ可能な選択だったのです。

アベ政権を含めた原子力ムラは、３・11以降、原発に反対する人々の「学び」と同じくらい大量の「教訓」を得ていることを、私たちは常に思い起こさねばならないのです。

再び原発城下町へ

若狭湾の海は、秋の雨に煙っています。来春にも再稼働される可能性があると言われている高浜原子力発電所の塔屋は、私たちが立っている国道からほんの目と鼻の先、石を投げれば届くのではないか、という気がするほどの近い距離に建っています。

若狭湾に接する市町村のうち唯一、原発施設の導入を拒否している小浜市にある古刹で住職をしている中嶌哲演さんの呼びかけに応えて、高浜原発再稼動反対のリレーデモに参加してきました。

このリレーデモというのは、福井県若狭湾にある高浜原発所在地から滋賀県北部を通り、滋賀県南部の大津から京都へ入って関西電力京都支店や京都府京都市への申し入れを行ったあと、大阪にある関西電力本店までの、およそ200キロをリレー方式でデモ行進し、沿道の人々に高浜原発の危険性と事故発生時の被害の大きさを訴えるという構想。観光客で連日混雑する京都駅は、高浜原発からわずか64キロ。リレーデモは、11月8日に出発し、20日に大阪に到着し、関電前で集会を開くというわけ。私は最初の10キロを歩きました。

アベ政権と経産省は、九州の川内原発の再稼働実現に続き、四国の伊方原発再稼働を年内にも実現し、その次は原発銀座若狭湾の高浜原発3、4号機の再稼働に狙いをつけて、地元対策を本格化しています。

今回のリレーデモは、こうした動きに対抗し、近畿周辺の反原発の隊列を整備するためのアクションにしようというものです。

小雨の降る中、11月8日の高浜原発前の集会には、およそ100人が参加。そのうち50人は、京都から参加した人々。左京区を含め、京都府内6地区で結成された「戦争をさせない京都1000人委員会」のメンバーが中心。こういう書き方をしますと、戦争法反対を含め、原発再稼動反対で積極的に動く人々の層が、いかにも少ないという感じがしてしまいますが、実のところ、左京区の場合「戦争をさせない左京1000人委員会」の主なメンバーは、元はと言えば、関西電力の大飯原発再稼働に反対して、毎週金曜日、京都駅前にある関西電力京都支店前で抗議活動を続けてきた人々でした。従ってこの人々は川内原発再稼動阻止現地集会などにも参加しており、地元京都と直接かかわる若狭湾にある原発再稼働が近いとなれば反対行動は、当然「全力投球」ということになります。

鹿児島や愛媛と同じく、原発立地自治体は、電力会社の城下町のような存在。その豊かな財政が原発関連補助金によって成り立っているという事情があるため、「命より金」なのだと言う人もいます。フクシマ・ダイイチの事故があっても、原発を稼働させることで入ってくる補助金目当ての判断が、周辺に与える事故の際の被害より優先されるのは、福井県の高浜町も同じです。高浜町の議会は、すでに「再稼働要請」の姿勢を明らかにしているのです。

くどいようですが、アベ政権の原子力行政の前提は、フクシマ・ダイイチ事故以前の「原発事故は起こらない」という立場から「原発事故は起こり得る」に転換しているのです。地元自治体に対しては「それでも再稼働に賛成なんだナ」「要するに〝カクゴ〟の上だナ」と、事故が起こった際の「責任」を地元に押し付ける手法を取っているわけです。

本当に「再稼働要請」をする地元の人々は、「万一」の場合、自分の家や墓を汚され、田畑は汚染され故郷を離れざるを得なくなること、地元に数多くある「神社」や寺が破壊され汚染されることは「仕方ない」と思っているのでしょうか？

京都府の場合、福井県のようには露骨な「再稼働賛成」の動きは「表向き」ありません。万一の場合、被害を受ける住民の数は、京都府民のほうが圧倒的に多いのにもかかわらず「原発立地自治体」ではないため、再稼働による「補助金」は福井県ほど期待できません。

高浜原発の再稼働に向けての京都府内の住民説明会は、11月に入ってから2日に舞鶴市、6日に綾部市、26日に京丹後市で開かれています。住民説明会と言っても、住民たちの疑問に答えるための「説明会」というより、「住民の声を聞きました」という単なる「手続き上の処理」でしかなかった」と言う人は少なくありません。

川内、伊方など、これまで再稼働に具体的に動き始めた各地の住民が感じていたかもしれない同じ「不安」、つまり「万一の際の避難路確保」についての「不安」に対する「答え」は、京都府内での説明会でも事実上ないままに「説明会」なるものは終了したそうです。

アベ政権も立地自治体の首長も、何とも無責任な連中としか表現しようがありません。

「アベ政権を許さない」という声が高まりを見せた9月、10月に比べますと、この11月は国会が開かれていないこともあるのか、マスメディアの表層を見る限り、「アベ政治批判」の声は静かになっているようにも見えます。

原発の再稼働に対するメディアの世論調査などでは、「反対の声」が賛成を上回っているにもかかわらず、しばらく鳴りを潜めていた「電事連」のコマーシャルもテレビで放送されるようになっています。

こうしたアベ政権による一連の原発再稼働は、恐らく権力の座にいることだけを目的に、それによるトリクルダウンの恩恵を受ける自公政権の参院選対策、特に一人区対策なのでしょう。それにしても、あの戦争法をめぐる国会での議論で明確になった、実に正気とは思えない自公政権の非論理性は、何なのでしょう。国民を「バカにしている」「ナメている」ということだけではないのかもしれないのです。

アベ政権は、「何をするかわからない」存在と思わせることが与える恐怖を狙っているのかもしれません。マスメディアに対しては、ＮＨＫやテレ朝に示した「ドーカツ」の与えた影響は、他社にも広がっていると見たほうが良いでしょう。

第5部

老人が先頭に立つ時　2016年

若者に接して5年目

ゆっくりと「冬」が訪れた、という感じです。

今年は、秋が12月中旬まで続いていました。いつもなら11月の末には散ってしまう紅葉は12月になっても残っていました。大学構内のカエデも、今年は「紅色」というより橙色の、ぼやけた感じの色づきで、深紅に染まった昨年に比べて、紅葉としては明らかに見劣りしています。

大学の農園の野菜たちは、冬の訪れが遅かったため、ピーマンや万願寺唐辛子が12月になっても花を咲かせ実をつけるという大豊作。また、大根やカブ、キャベツやブロッコリーといった冬野菜も、極めて元気。ホウレンソウや春菊、日野菜(ひのな)カブなども勢い良く育っています。

ただサツマイモは、この夏、猿と鹿それぞれ1回ずつでしたが、被害を受けて荒らされ、収穫は事実上ゼロ。学生たちは、本当にガッカリしていました。

落花生は、畑のチッ素分が多すぎたのか「つるボケ」して、学生たちが持ち帰れるほどの収量はなかったものの、農園内でみんなで茹でて食べるくらいは穫れました。落花生を穫ったあと、すぐに茹でて食べるという経験は初めて、という学生が殆どで、これはみな満足。大喜びでした。

後期の授業は、1月末でおしまい。後期の授業を取った学生たちが定植したソラマメやキヌサヤ、イチゴなどは、この4月から授業を受けることになる前期コースの学生たちが味わうことになります。

さて、私の京都での教員暮らしも5年目を迎えます。そこで、この4年間、学生たちに接して学んだこと、見えてきたことなどを整理してみました。

新知識といいますと、若い人の「コトバ」についてです。ようやく彼らの「語法」といいますか「使い方」に慣れ始めたところです。

たとえば「カワイイ」とか「キニナル」といったコトバ。4年前まで阿武隈の山中で、友人仲間といえば殆どジイサマばかりの環境から、一気に50年ほど若くなった環境に飛び込み、そこで出会ったこうした言葉。言葉そのものではなく、その意味がつかみ難かった「コトバ」について、ようやく少しわかり始めています。

「カワイイ」は、一種のカルチャーショック……といっては大袈裟ですが、あまりにしばしば「カワイイ」が出てきましたので、これはビックリしました。辞書に載っているような「愛すべき何か」とか「小さくて美しい」の意味だけではないことは何となくわかりました。要するに単なる「好意的反応としての発声」という意味にすぎない場合のあることが少なくないのです。あるいは「何か反応したほうがヤサシイと感じてもらえるだろうという気配り」が音声になって出る「カワイイ」もあるということのようです。

たとえば、先日、寒い朝のこと、学生の一人がいつもと違う、毛糸で編んだ丸いニット帽をかぶってきました。気がついた一人が「カワイイ！」と叫びますと、一緒にいた何人かの学生も口々に「カワイイ！」と口にします。

この場合の「カワイイ」は必ずしも「小さくて美しい」でも「愛したくなるナニカ」でもありません。「その帽子いつもと違う」の意味。

私自身も、大学の教員になってすぐの4年前、汗取り用の手拭いを首に巻いていたところ、「カワイイ」と言われたことがあります。あとで「何がカワイイのか」と学生の一人に尋ねたところ、「特に意味があるわけじゃなくて、手拭いを首に巻いているのが珍しい感じで、つい口に出したのが〝カワイイ〟だったというコト」でした。

「キニナル」は、「気にかかる」ということですが、これは農作業の授業のたびに提出させる「作業報告」の記述に、かなりの頻度で登場します。

「ハウス内の気温は12℃と低く、虫を見かけなくなったので気になる」とか、「収穫したピーマンの一部が赤くなっていたのが気になった」、あるいは「木酢液の作り方が気になった」という感じ。多くは、単に「気がついた」という意味で使っているようですが、基本的には「……という状態の原因、理由を知りたい」という意味が込められています。そうだとすれば

「赤くなっていた理由は、原因は何でしょう」とか「虫がいないのは何故でしょう」あるいは「木酢液はどのように作るのでしょう」と直接知りたいことを具体的に挙げてくれたほうが対応しやすい。単に「気になった」では「そうですか」で終わっても良い気分になってしまいます。

はじめは「何？」と思ったものの、使っているのを聞くうちに「なかなか良いナ」と納得したコトバに「ヤバイ」があります。

「オイ、冷えてるから美味いゾ」と差し出した朝取りのキュウリを一口囓った学生が「ヤバイ」とさけびました。「虫でもついてたかナ」と心配したのですが、これは「非常にウマイ。クセになりソー」という表現なのだそうです。

『広辞苑』などの正統派の意味では「危険である」とか「アブナイ」ということですが、三省堂の『国語辞典』では「若者コトバ」として〝ほめ言葉として使われる〟ことが書かれています。

確かに「危険」と「魅力的」は、ある場合コインの表と裏。クセになってしまいそうなくらい魅力的な対象に出会った時、「ヤバイ！」とさけぶのは「なるほど妥当だな」と思えます。

私も、いつか使ってみようと考える若者コトバの一つが、この「ヤバイ」です。

農作業の授業では、学生に農作業のたびに「作業報告」を書かせています。この彼らの「報告」に朱を入れて、次の週に返却します。毎回「報告」を書かせるのは、農作業という行為を「意識化」させるためです。つまり、行為の意識化として文章化させることであり、それは同時に第三者にもわかる文章を書く練習にもなるからです。

彼ら（私が担当している学生という意味）は、主観的な思いを書くのは必ずしも不得意ではないようです。しかし、概要や手順など、自分がわかっていることでも、それをその場に居ない人にもわかるように具体的に記述したり描写するのは、あまり得意ではありません。

たとえば、畑の一角に畝立てをして、そこに大根の種を播くというその日の作業にしても、それが実際の行動として「できる」ということと「どのようにして、その作業をしたのか」を第三者に説明できることは別です。労働の過程を第三者にわかるように説明するには、使うコトバに「具体性」が求められます。作業手順の因果関係の理解がなければ、論理的な説明は難しいのです。

元肥を入れるための溝を掘ることについても、「思ったより深く掘ったので、すぐに疲れた」と書いただけでは、どのくらいの深さの溝で、どのような身体状態になったのか、このような書き方では読む側には「疲れた」状態が想像しにくいというようなことを一つひとつ学生に説明することが度々です。

ほかにも、気がついたことがあります。彼らはあまり「論争」するのは好きではなさそうだということです。特に意見が対立しそうな場面の処理です。「それは違うんじゃないか」といったストレートな表現は好まれない感じです。これは学生たちとやっていた日本国憲法やミシェル・フーコーの著作などをテキストにした勉強会や読書会の時にも、度々感じたことでした。何故、多くの若者たちは、あえて異を唱えることに躊躇するのか。これは、けっこう今時のふつうの若者を知る上での重要なポイントかもしれません。

いくつかのすでにある考え方から「選ぶ」だけという環境は、確かに存在します。問題の処理が、場合によっては幾つかの選択肢から好ましい答えを選ぶだけというケースもあります。しかしその一方、答えを自分自身で「創出する」必要がある場面も多いはずなのです。

民主主義は、それを支える人々の思考力が重要な要素だと言われています。若い人の中には「自分で考えることは面倒くさい」と言う人も少なからずいるでしょう。大人たちにもいます。しかし、自分の頭で考えることこそが、今、時代が求めているはずのことなのです。

こうした若者の肥やしになる情報の提供の機会である「小さな勉強会」を今年も続けることになりました。中心メンバーの4年生が卒業したあと、残った3年生が4年生になって、とりあえず来年までは続ける予定です。

老人が先頭に立つ時

反戦争法デモで知り合った友人が先日「アキヤマさん、こんな曲があるの知っている？」と言って一枚のＣＤを貸してくれました。タイトルは「老人は国会突入を目指す」。作詞作曲は藤村直樹とあります。

家に戻ってプレイヤーにかけてみました。メロディーは大変ゆっくりとのんびりですが、歌詞の内容は極めて過激です。恐らく〝放送禁止〟の曲の一つになっているはず。

絶対的に貧困化し、しかも年金を上回る医療保険料で医者にも行けなくなった老人たちが、政治を変えろと叫びながら抗議集会を開くべく日本全国各地から国会に向かいます。その数、百万を超えます。時の総理は、この老人たちに脅えて自衛隊の出動を命じます。自衛隊の若者たちは、命令に従わなければ軍法会議だぞと脅かされ、引き金を引きます。機関銃の連射に、国会周辺には死体の山が。しかし老人たちは、どの道、死ぬほかない状況ですから、次から次に突進し、ついに国会構内に突入。血まみれのＴシャツが国会正面に掲げられます。

日本の近未来を先取りした書籍「下流老人」が版を重ねる現在、このＣＤのストーリーは他人事ではありません。ソーシャル・フィクションが、ノンフィクションにつながる可能性は充分あります。

歌の話はさておき、集会にやって来る京都の老人たちは、相変わらず元気です。多くが60年安保の敗北の後、「お前のザセツがザセツなら、チョウチョトンボも鳥のうち」という詩人の谷川雁の作と伝えられる戯れ歌を耳にした記憶のある人々。自公政権の国会でのイカサマ採択にめげるようなヘナチョコではありません。闘わねばならぬ時は闘うことを原則に、屈辱の歴史をバネに生きているようにも見えます。

国会での安保法制強行採決のあとも、京都の老人たちは、余力をしぼっている様子。毎月19日のデモは続いています。1ヵ月後の10月19日には、安保法制＝戦争法に抗議する集会とデモが京都でも行われました。私たち「戦争をさせない左京1000人委員会」も、京都大学前の百万遍交差点で集会を開いたあと、共産党系の団体を含め「アベ政治を許さない」を合言葉に、市役所までデモ行進。市役所前で、他の地域の「1000人委員会」と合流し河原町通りをデモ行進。

この前日にも、東京の日比谷公園にあたる円山公園の野外音楽堂に、「変えよう日本と世界」のスローガンを掲げ、およそ800人が集まり、沖縄との連帯、反貧困、反戦争法、反原発の決意を語り合いました。

元気なのは老人ばかりではありません。学生・若者のグループ「シールズ」については、多くのメディアで語られていますが、関西でも「関西シールズ」や高校生のグループが、この5月以降に結成されていることが、集会で報告されています。

京都では、左京区のほか南区、右京区、下京区、八幡市、宇治市で「1000人委員会」が結成され、それぞれ数十人から数百人の規模で活動を開始しています。

中間総括風に言いますと、京都でも「シールズ効果」は「非常に大きい」と感じさせるものがあります。学生自身が動員できる数そのものは、どこの大学でもそう多くはなさそうですが「学生も立ち上がっている」というメッセージの射程距離、特に年配の人々への影響は大きく、シールズ主催のデモや集会への「アダルト」と呼ばれる層の参加は、若者を上回ります（シールズの若者の隊列に対して、彼ら以外の隊列は「アダルト」と呼ばれていました）。

シールズの東京での動員力は、迫力のあるものだったと報じられています。しかし、関西について考えますと「学生、若者も声を挙げている」「いるはずないと思っていた若者もいた」というメッセージ性に今のところ留まっているのが、本当のところでしょう。

彼らは現在も定期的勉強会をしているようです。しかし、成立阻止が目標の〝法案〟が「可決」されたあと、どのような形で自分たちの意志を表明していくのか、課題は多いようです。

私の周りを見た限り、昔居たような「活動家」はまだ生まれていないようです。

こうした若者との共闘ですが、私が参加している「左京1000人委員会」の仲間と話をする限りでは、まだまだ不充分。

「左京1000人委員会」への参加も、登録されたリストでは学生と見られる人は何十名かいますが、「講演会には聞きに来る」というレベルが殆どです。

人間は、とかく自分が目撃した事件は「歴史的にすごいことだった」と思いたくなる傾向にあるのですが、率直に言って「歴史的な転換点であったにもかかわらず、日本国民の殆どは、本来ふるわなければならない力を発揮しそこねた」というのが、ここ数ヵ月の運動展開全体についての私の正直な感想です。

〝デモ〟はデモンストレーション、つまり力を「見せつける」ことです。だとすれば、日本各地、全国で十数万程度の動員をしたからと言っても「歴史的だった」と嬉しがってはいられないはずです。国会の周囲を50万、100万で大包囲する必要があったのです。地方都市全体を含めれば、動員された数はそのくらいだったのかもしれませんが、やはり権力の中枢、国会包囲のために50万人、100万人を上京させる「力」と方針の提起が必要だったと思います。

「左京1000人委員会」について言えば、「戦術」面では、極めてローカル主義。京都の人々への「情報発信」＝戦争法に反対する人々が存在していることを直接伝えることに集中していました。街頭での集会や人の多くいる場所でのデモストレーションが基本的な手段になっていました。

人々の目に直接触れる活動は、重要です。そうした行動がメディアで報じられないとしても、直接、通行する人が自分の目でデモを見た時のインパクトは小さくないのです。その人にとってはリアル体験だからです。

原発反対運動は、国会周辺に多数の人が集まったにもかかわらず、はじめのうちはツイッターなどで伝えられるだけでした。マスメディアは、当初無視していましたが、集まる人々の数が増え一定の量を超えると、報じないことはメディアとしての存在意義が問われると危機感を持ち報道するようになりました。

反戦争法にかかわる街頭行動に関しても、メディアの、そうした反応を計算すべきでしょう。若い人々の活動は、これから「一休み」になる可能性はあります。しかし、年寄りは、時間はたっぷりあるはず。しかも日本人の人口の25%以上が、今や65歳以上なのです。「ヒマはあるけど金に余裕はない」という世代です。毎日が「デモ暮らし」(＝デモクラシー)を街頭で実現しても、フトコロはそう痛まないはずです。

孫や子どもに「何かを買ってやる」よりも「何かをしてあげる」、つまり集会、デモ、言論の自由について生きた教科書になることは可能なはずです。

人は、大切な何かのためには身体を張って「行動する」存在であることを、老人たちが自ら示す。そんな生き方が求められている時代ではないでしょうか。

「自己決定権」の重み

年金の基金まで注ぎ込んで「株高＝景気回復」を演出しようとしたアベ政権の経済政策なるものは、実は沈没の瀬戸際にあるのではと思わせる株式市場の動きが、２０１６年の正月に続きました。

年金基金という老人のトラの子をバクチ場に投入して、深い傷を負ったとしても、責任を取って腹を切る政治家や役人は、先ずいないでしょう。担当の役人は、法律に則ってやっただけだと言い訳するでしょう。こうした政策を進言した学者たちも「理論的には正しいので、これは長い目で見るべき」と強調するでしょう。

なんとも胸クソの悪くなることばかりの世の中ですが、なんとか希望につながりそうな地鳴りが聞こえて来るような気がしないでもないのが、気休めかもしれませんが救いといえば救いです。

昨年の秋、沖縄県知事がジュネーブで発信した「自己決定権」というコトバが、その地鳴りのもとです。

あの「戦争法」が国会を通過した数日後の２０１５年９月21日、ジュネーブの国連欧州本部で開かれた国連人権理事会で沖縄県の翁長雄志知事は、沖縄の現況、特に辺野古に新米軍基地建設が強行されようとしていることについて、沖縄の住民の「自己決定権がないがしろにされている現状を世界中の人々が関心を持って見てほしい」と訴えました。演説そのものは2分ほどの極めて短いものだったそうですが、この演説のあとはシンポジウムなども開かれ、世界に向けて沖縄の現状について知事自身の口からそして沖縄の人びとによる「情報発信」が続けて行われたそうです。

御存知の方にとっては新しい話ではありませんが、翁長知事が強調したことは、沖縄にある米軍基地は、住民の意志によって米軍に提供されたものではなく、第二次世界大戦後、米軍が強制的に土地を奪い基地にしたこと、米軍基地があることから生まれる事件、事故、環境問題が住民の暮らしに大きな影響を与え続けていること、これらはいずれも沖縄県民の「自己決定権」という人権を侵害しているという主張です。

この翁長知事の発言に対して、ジュネーブ現地駐在の日本大使は「基地問題を人権理事会で扱うことは馴染まない」とし、辺野古の新基地の問題について「米軍駐留による抑止力維持として唯一の解決策だ」と述べたそうです。

このような小役人の鉄面皮の対応は、沖縄の人々の団結を強化するものであっても、決して政府と地元との相互「理解」をすすめることにつながることはないでしょう。

そもそも沖縄の基地問題が「人権」と「馴染まない」などという言葉使いそのもの・認識が、こういう表現をする人物は、いかに相手の心情を理解しようとしない感性の持ち主であるかを示しているとしか見えないことに気がつかないのでしょうか。もっとも官僚というのは、そうしたものと言ってしまっては身もフタもないのですが。

日本政府、頼むに足らずとして沖縄が国際社会に直接発信する手法を取ったのは、翁長知事が初めてではありません。

私自身の経験でも、テレビ局の記者としてワシントンに駐在していた１９８０年代、沖縄の県議会の議員さんたちが訪米し、基地問題についてアメリカ議会に直接陳情に来た時に取材をしたことがありました。

アメリカ議会に沖縄の議員さんが直接訴えることとは、アメリカの国外にある米軍基地の安定性に関心のある議員も米議会にはいますから、有効な方法であると私自身も思っていました。ですからこの「ニュース」は、報道する価値があると早速記事にして東京に送りました。

もっとも、その時の東京のデスクの反応は、「地方議会の議員が日本政府の頭越しに何かしても効果ないんじゃない」と、それこそ永田町や霞ヶ関の役人の感覚に近いもので、かなりイライラさせられた記憶があります。

これは沖縄に関わるニュース、情報に接した時の日本のマスメディアに携わる人間の反応の典型の一つかもしれません。

沖縄が国際社会に直接アピールしたケースは、沖縄がまだアメリカ軍の施政権下にあった1962年にもありました。当時の沖縄県議会＝「琉球政府立法院」は「日本領土内で住民の意志に反して不当な支配がなされていることに対し、国連加盟国が注意を喚起することを求める」という決議をしました。そして世界104の国々に、この決議文を送っているのです。

この時は「自己決定権」という言葉は使われていません。しかし、「住民の意志」の表明という意味では、根底に、こうした「権利意識」が働いていたことは明らかでしょう。

この地域住民の「自己決定権」は、かつての「民族自決権」と同じように「帝国」化したネイションに対抗する上で、闘わねばならない住民の極めて「重要」な権利となっているのです。

「自己決定権」について考えていた時、台湾の選挙結果が報じられました。

大統領に当たる「総統」と国会議員選挙が1月15日実施され、その結果は、その日の夜のうちに明らかになりました。

中国本土との一体化を強調する「国民党」政権にかわって「一定の距離を置くべき」という立場を取る「民進党」の蔡英文氏が総統に選ばれました。国民党候補に対し、300万票以上、25％以上の差での勝利です。

巨大な中国に「飲み込まれることへの不安」あるいは多数者によって少数者の権利がないが

しろにされる政治に対し、たとえば香港の例などから台湾の人々が警戒感を持ったためもあるでしょう。ここにも「自己決定権」という人権意識が働いていたはずです。

世界各地で近年注目される「ナショナリズム」と一口にまとめられる現象ですが、これを単なる「地域主義」と捉えては、見落としてしまう部分が出てしまう可能性があります。

たとえば、イギリス連合王国内でのスコットランドの「独立志向」です。スコットランド国民党という「地域政党」がスコットランド議会で多数派になり、この人々がリードして、ついに「スコットランド」の独立について住民投票にかけたというニュースを記憶している方もいると思います。

投票結果は「独立賛成派」が多数を占めることになりませんでしたが、その動機は注目すべきでしょう。それは、サッチャー政権にはじまるロンドンの政権がすすめた新自由主義政策が、地方つまりスコットランドの人々に「これで良いのか」という思いを抱かせたことが背景にあるためです。こうした「中央対地方」という構図は世界の様々な場所に存在しています。そして「自己決定権」という概念は、闘う側にとって抵抗の武器として、あるいは「自立」に向かう武器として、今後も大いに「活躍」するに違いありません。

東電元役員ようやく刑事犯被告人に

フクシマ・ダイイチの事故が人災であったことが証明されつつあります。そのための裁判がまもなく開始されようとしています。

民主党の野田政権の時に、この事故の「収束宣言」なるものが出されました。その後のアベ政権下では、先日の「除染の基準である1ミリシーベルトは何の根拠もない」という環境大臣の発言に象徴されるような、あたかもこの事故は「なかった」かのような政策が次々と打ち出されています。

こうした中で2016年1月30日、東京・目黒で、東京電力（以下、東電）の責任を追及する「福島原発刑事訴訟支援団」が結成されました。そこで、こうした裁判が開始されることを可能にしたポイントを整理してみました。

フクシマ・ダイイチの事故が発生した2日後の2011年3月13日、当時の東京電力の社長、清水正孝氏は記者会見で「事故は〝想定外の津波〟を原因とするもので、東電には法的責任がない」と主張していました。

しかし、この大津波は決して「想定外」ではなかったのです。政府機関がすでに「想定」していたにもかかわらず、それを知っていたにもかかわらず、東電は手を打たなかった。あの事故は「自然災害」ではなく、東電幹部による「人災」だったのです。東電の責任を追及することを通じて、事故の真実が明らかになる展望が開けてきたというわけです。

肌寒い天候、雪さえ降りそうな空模様の1月30日、東京の目黒川の川沿いにある目黒区民センターには、福島を含め全国からフクシマ・ダイイチ事故の真相を明らかにするための裁判にかかわる人々４００人が集まりました。

「福島原発告訴団」の武藤類子さんや作家の広瀬隆さん、ジャーナリストの鎌田慧さんなど呼びかけ人をはじめ、福島に暮らす被災者や、かつて「あぶくま農業者大学校」に集い有機農業を追求していた仲間たちなど、旧知の人々の顔が会場には見えます。

これまで多くの公害事件で、その原因となった企業は刑事訴追され、犯罪者として裁かれました。しかし、東電の当時の経営陣については、その責任が問われずに5年が経過。

それは原発事故の直後から、原因となった「大津波」についてあれは想定外であったという「すり込み」が、マスメディアを含めて日本の各方面に行き渡っていたためです。しかし「大津波は想定されていた」ことが、この間明らかになりました。しかも東電は、一度は津波対策を考えたにもかかわらず、その対策を先送りしていたのです。そうなりますと当初報じられた「想定外」とは、全く違う絵図になってきます。

２０１５年7月31日、東京第五検察審査会は「福島原発告訴団」が申し立てていた東電の元幹部である勝俣恒久、武藤栄、武黒一郎の3氏に対して「起訴相当」、つまり刑事被告人として裁判にかけるという議決を公表しました。

検察審査会の議決というのは、本来犯罪人を起訴する役割の「検察」が、犯罪者を起訴しなかった場合、それを不服とする「市民」が「検察」にかわって刑事責任を問う仕組みの「入り口」です。

この「市民」参加の検察審査会は、その前年にも「検察」が不起訴処分にしていた東電3幹部に対し、「業務上過失致死傷罪」で強制起訴を求める議決をしています。ですから2度にわたり、市民の判断による「強制起訴」の議決はされているわけです。

2度にわたり議決が行われた理由について、弁護士の海渡雄一さんは目黒の会場で、「想定外の津波」という東電の言い訳を否定する事実が調査によって次々と明らかになったためであると述べています。

つまり「東電は敷地の高さを超えるような津波を事前に予見していた。これに対応する対策を立てて実行する計画まであったが、途中でこの計画を放棄した」というわけです。そして、この計画放棄の責任者が「起訴相当」とされた元幹部の勝俣、武藤、武黒の三氏ということなのです。この事実は、これまでの東電に「法的責任なし」を大きく変えるニュースでしたが、残念ながら、この時点、つまり昨年7月のマスメディアの反応は鈍いものでした。

海渡弁護士が、2016年2月16日に出版した『市民が明らかにした福島原発事故の真実――東電と国は何を隠ぺいしたか』（彩流社）には、昨年の検察審査会の議決にマスコミはどのように反応したかが書かれています。

「東京新聞は〝速報〟ということで号外を出してくれました。けれども、その晩のNHKやテレビ朝日のニュースでは、5番目か6番目くらいの扱いでしかありませんでした。朝日新聞と毎日新聞は一面で取り上げ、二面三面社会面という展開になっていたと思います。読売新聞でさえ、二面と社会面で展開していくようになっていましたが、テレビはTBSを除くと無視にも近いような状態でした」と。

昨年の7月末は「戦争法」反対の声が盛り上がっていた時期でした。テレビなどでは電力会社のCMも復活し始めていた時期です。

私たちに希望を与える新しい展開は、先ず福島沖の「大津波」の可能性が、すでに1997年3月の段階で4省庁名義の報告書で予想されていたことが明らかになったことに始まります。

次に2002年7月31日には、政府の「地震調査研究推進本部・地震調査委員会」は長期評価を公表し、これには三陸沖北部から房総沖まで、海溝寄りのどこでもマグニチュード8・2前後の津波地震が発生する可能性があることが示されていました。しかも原発については「これを地震津波対策の基本に据えよ」という方針も示されていたことも明らかになっています。

ですから「想定外」だったという東電社長の発言は「ウソ」ということになります。更に東電は2008年6月の段階で「津波対策」として15・7メートルの津波にも耐えられる防潮堤を設置する必要性を「認識」していたのです。

当時、東電のフクシマ・ダイイチを担当していた政府の「保安院」の担当者が、政府事故調査に対して述べた調書が、昨年2015年9月に公開されていますが、ここでも東電の「想定外」発言はウソだったことが明らかにされています。

要するに、この5年の間にフクシマ・ダイイチをめぐる「真実」は少しずつではありますが、明らかになり始めているのです。詳しいことは、海渡弁護士の前掲書、あるいは元国会事故調の調査員、添田孝史氏の『原発と大津波——警告を葬った人々』(岩波新書、2014年)あるいは共同通信科学部記者の鎮目宰司(しずめさいじ)氏による「漂流する責任:原子力発電をめぐる力学を追う」(岩波書店『科学』2015年12月号より2016年2月号まで連載)などをお読みください。

メディアの調査報道の役割は、増々重要になってきています。裁判「闘争」を通じて、もっと多くのことがはっきりしてくる見通しも開けているわけです。

大津からの贈り物

福島原発事故から5年目の２０１６年3月11日を、私は京都で迎えました。勤務先の大学にある小さな農園の畑の端に、あの時刻、立っていました。腕時計を見て、地震が起こったあの時刻、独りで黙禱しました。あの事故のあと、逝った友人、知人を想い浮かべました。

この日は当然のことながら、日本各地で沢山の集会がありました。デモ行進を予定していた地域もありましたが、私は誰もいない大学の畑で時を過ごすことにしたのでした。気持ちが沈み込んでいたわけでもありません。単純に独りだけでいたかったのです。

この前々日の9日、大津地裁が示した関西電力高浜原発３号機と4号機の運転差し止め決定は、これからの反原発闘争のあり方に、少なからぬヒントを与えてくれるものでした。東京電力の幹部を刑事犯として裁判にかけることと同じくらい、私の人生の最後に取り組む課題として、大いに気持ちを奮い立たせてくれるものでした。

ここ1年ばかりの「原発」をめぐる動きは、「再稼働本格化」「原発回帰」を感じさせるものが多く、しばらくなりをひそめていた原発推進の本山〝電事連〟によるテレビＣＭにもお目にかかるようになってきました。東京発のテレビのワイドショーのコメンテーター席には、これまた一時姿を消していた原子力ムラお声がかりの「有識者」たちが着実に定席を占めはじめています。

そんな中で「再稼働」したばかりの原発が直ちにストップさせられたわけですから、気分としては悪いわけはありません。

3月11日をそんな感じで過ごした私も、翌12日には京都の円山公園の集会、13日には関東の友人が誘ってくれた神奈川県川崎市の反原発の集会に顔を出しました。

他の各地の集会の人数はチェックしていませんが、川崎では1100人が集まり、武蔵小杉という駅まで全員がデモ行進。京都の集会では、会場となった円山公園に2200人が集まりました。いずれの集会も、おおむね同世代の老人ばかりというわけではなく、乳母車に子どもを乗せたお父さんやお母さん、若いカップルの姿も少なからず見られます。

昔なつかしい顔にも出会いました。

川崎市の会場で会った小学校時代の友人は、鹿児島の川内原発再稼働阻止の集会にも来ていました。また、どこかで会おうと言って別れたので、再会は、ほぼ半年ぶり。「司法もやっぱりだめだね」と川内では話していたものでした。

九州電力川内原発については、昨年4月、1号機、2号機の運転の差し止めを求める仮処分申し立てを鹿児島地裁が却下。また、一度は再稼働をストップさせた福井の高浜3・4号機についても、昨年の12月、同じ福井地裁で今度は関西電力の言い分を丸呑みした裁判長が、停止の仮処分を取り消して今年2月には再稼働という流れでした。

ところが、「天網恢恢疎にして漏らさず」とはよく言ったもので、2月に再稼働した4号機は、放射能漏れを起こしたばかりか、本格運転のスイッチを入れたとたんにダウン。マスメディアの目の前で、惨めな姿を見せていました。「世界一厳しい基準」をクリアしたはずの原発でしたから、原子力規制委員会のチェックなるものが如何にズサンなしろものかを天下に知らしめたものでした。

一時は、「国民の立場」に立ち始めたかと期待された「司法」も、やはり原子力ムラ司法部にすぎなかった、という流れが続きました。そんな中での大津地裁の判断です。この決定は、今後の反原発運動に大いなるヒントを与えてくれる動きです。

集会で出会った友人たちと整理した大津地裁の決定ポイントは、次のようなものです。

第一に、これまで「再稼働」についての「決定権」を有しているのは、結局のところ立地県や立地自治体の首長と思い込んでいたのですが、普通の住民も、裁判所を通じて「決定」に関与できるということが明白になったということ。更に重要なことは、その「住民」は、立地県ではなく、他県でも「影響」を受ける可能性のある地域の住民すべてだということ。

フクシマ・ダイイチの事故は、立地自治体ばかりか、その時の風向きによっては広い範囲に影響が及ぶことを明らかにしました。ですから裁判所も、訴える住民を入り口で「資格なし」とはできなくなってきているのです。

集会に顔を出していた大手メディアで働いている友人の一人は、「再稼働にGOサインを出した裁判官は〝再稼働実現〟のために特に地裁に〝送り込まれた連中〟という噂もある」と言います。これは大いに可能性のある点でしょうが、被害者になる可能性のある住民たちが、滋賀県で裁判を起こした人々のように全国各地で一斉に「訴訟」を起こせば、各地の原発を再稼働させようとする電力会社にとっては、大いなる脅威になるはずです。訴訟は、電力会社にとって、原発が経済的に極めてリスクの高い「電源」の要因になるのです。

次の注目点は、住民の避難にかかわる計画についての大津地裁の指摘です。

日本の原発政策は、かつて「事故は絶対に起こらない」というウソによってスタートしました。フクシマ・ダイイチのあと、このウソは通用しなくなりました。今、原子力ムラの連中が作り出そうとしている神話は、「放射線の影響は大したことない」というものですが、これも、まもなく通用しなくなります。「甲状腺がんの多発」は、彼らの言うことがウソだと証明するでしょう。しかし、この新しい神話の前提は、恐ろしいことに「事故は起こり得る」というものなのです。

ということは、住民の避難の確保を、住民側はこれまで以上に行政側に強く要求できるということでもあります。

大津地裁の指摘は、現在の避難プランが「充分ではない」という内容です。机上のプラン、空論ではなく、実現可能性が高いものでなければならない、現状は不充分という指摘です。この論理も活用すべきです。

川内原発にしろ、伊方にしろ、高浜大飯にしろ、現在示されている避難プランは、極めてズサン。事実上ないに等しいものです。

更に実施した「訓練」とやらにしても、福島の経験を「生かした」とは言えないような「実効性」を担保できないシロモノと言われる内容です。

防災訓練をおざなりにしておくと、現実には犠牲者を多く生ずるということは、5年前の東日本大震災の教訓の一つでした。

30キロ圏内の住民の避難計画は義務とされていますが、フクシマ・ダイイチの教訓では、必要とされる避難は30キロ圏内に限定されないということです。フクシマ・ダイイチの事故は、5年経っても、汚染水の海への流入というかたちで続いています。放射性物質を含むチリは今なお放出され続けているのです。何よりも、この事実が武器なのです。このことは忘れられてはなりません。

自主避難の現実

熊本県を中心に4月14日以降、九州中部を襲った地震は、日本列島が、現在、地震活動活発期にあることを改めて感じさせてくれています。

2011年3月11日に発生した東北地方太平洋沖地震は、プレートの境界で発生し、マグニチュード9という巨大地震となりました。一方、今回の熊本を中心とする地震は、プレートの境界ではなく、布田川断層帯・日奈久断層帯、あるいは別府－万年山断層帯という「活断層」と呼ばれる岩盤の傷がズレたり、何らかの変形により地震が発生するタイプといわれ、プレート境界で発生する地震に比べますと「マグニチュード」そのものは小さくなるのだそうです。規模は小さくても周辺の住民たちが受ける被害は、決して小さいわけではありません。特に熊本の活断層は、中央構造線断層帯という大きな断層帯とつながっています。南西に伸びている日奈久断層帯に強い地震が発生すれば、すぐ近くには鹿児島県の稼働中の川内原発がありま す。

そして中央構造線断層帯は、愛媛県の伊方原発の近くを走っています。原発難民の私としては、また原発事故発生か、と気が気ではないのです。

政府は、発生の早い段階で自衛隊2万人規模の派遣を決め、更に米軍の支援受け入れも決めています。これは万一の原発事故発生への備えなのかもしれないと考えてしまいます。

避難者の数は17日現在で18万人を超えたと発表されています。この人々の中には「仮設住宅」で当面暮らさざるを得ない人も出てくるでしょう。

この新しく生まれた「避難者」への援助の問題は、直近の課題としてマスメディアを賑わすことでしょう。しかし、フクシマ・ダイイチの事故による〝避難者＝難民〟の問題もまだ殆ど解決していないことも、忘れてはいけないことのはずです。

私の手元には『原発避難白書』という一冊の本があります。関西学院大学災害復興制度研究所、東日本大震災支援全国ネットワーク（JCN）、そして福島の子どもたちを守る法律家ネットワーク（SAFLAN）という団体が編集した「白書」です（人文書院、2015年）。原発事故による避難者について、この人々が抱える問題を把握する上で基本的な文書です。

京都にも福島から避難した人々が2016年現在、600人あまり暮らしているそうです。正確な数字はわかりません。何故なら、京都府に「避難者」として「登録」している人以外にも、たとえば私のように実質は「原発難民」であっても、政府の援助を何も受けていない住民の場合は「避難者」として登録されてはいないからです。

福島県が公表している避難者の数は、2015年7月1日現在、県内に6万5300人、県外へは4万5395人で計11万人(前掲書)。国が「避難すべき」と指示した半径20キロ圏内のほか、20キロから30キロ圏のうち、放射線の空中線量が年間20ミリシーベルト以上の地域については「計画的避難区域」と「緊急時避難区域」に指定され、この区域の住民たちも避難することになりました。ほかにもホットスポットなど、特に線量が高い地点については「特定避難勧奨地点」と指定して、この区域の住民もまた故郷を離れることになりました。この人々に対しては、国から「賠償」が支払われています。

ところが、この「特定避難勧奨地点」については問題が生じました。「地点」とされたことで、同じ地域に暮らす人々の間に「指定」された世帯と「されなかった」世帯が生まれたのです。

また、フクシマ・ダイイチ事故現場から60キロも離れた福島市に放射線量が極めて高い地域が存在することも明らかになりました。国は線量調査を行い、時の民主党政権が定めた基準である年間20ミリシーベルトを確かに超える地点も見つかりました。しかし、民主党政府は、福島市に「特定避難勧奨地点」は設けないことを決めました。2011年10月のことです。

ホットスポットという形で、高い放射線量を示す地域が福島県内を中心に広い範囲で存在することが明らかになっていたにもかかわらず、住民に事実上の「泣き寝入り」を求めたのです。

これでは「政府＝国」に対する不信を生まないはずはありません。当然、「汚染地居住の強制」を拒否し、自主避難をする住民は生まれます。

京都に居住している「自主避難者」への京都府からの「住宅支援」が２０１６年度末で終了する可能性が出てきたという話を聞いたのは、２０１５年５月のことでした。

国が指定した避難指示区域ではない地域からの避難者のことは、「自主避難者」と呼ばれます。また、かつては避難を強制された人でも、たとえば楢葉町など国が避難指示を解除した地域から来ている人は、戻らなければ「自主避難」とされます。

そもそも「避難者」とは、法的にどのような存在なのか。一般に災害が発生した場合、住民の救済には「災害救助法」が適用されることになります。政府の判断で「法」が適用されますと、災害によって自宅が被害を受けた人々には「避難所」を都道府県の知事の責任で提供し、国が財政面で支援する仕組みです。この「避難所」の開設期間は原則７日間ですが、家に戻れない人には「応急仮設住宅」が原則２年間「無償」で提供されます。

東北地方太平洋沖地震で津波や原発事故の被災地となった福島県は、全域が「災害救助法」の適用地域とされました。ですから福島県からの避難者には、移動した先で「避難所」あるいは「応急仮設住宅」ないし「みなし仮設」と呼ばれる「公営住宅」や「民間賃貸住宅」が提供されました。特に、福島県内の「応急仮設住宅」については、県が「避難区域」と指定された地域からの避難者に入居を「優先」させたこともあり、指定区域外からの「自主避難者」は、

２０１６年

福島県以外の地域に向かうことになりました。

こうした「自主避難者」への住宅の無償提供が、2016年度、つまり2017年3月で終了することになるというわけです。現在、京都市内にいる福島からの避難者の多くは、子どもを抱えています。この子どもたちは、この4年間に周囲の環境に適応すべく努力してきました。最近表面化し、自殺者まで出ている「いじめ」という行為は、こうした状況から生まれているわけです。政府が「安全」と主張する年間20ミリシーベルトという放射線量が高い地域への「帰還」を望まない人々は少なくありません。こうした問題は、ほかの都道府県に避難した人々もまた直面している状況です。

「原発被災者＝原発難民を援助するための法律」があったはず、と思う人もいるかもしれません。

その通りです。法律は確か、超党派の議員によってつくられました。ところが、この法は現在、避難者にとって役立つものとはなっていないのです。

熊本県を中心に九州では、激しい揺れのあと、ほぼ連日震度3クラスの地震が続きました。気がついた方も多いと思いますが、その時の九州各地の震度を示す数字が、NHKなど放送局によっては九州南部、つまり鹿児島の部分がスッポリと抜けている時があります。

川内原発の近くに住む友人に電話をしますと、彼の暮らす地域も、時に震度4を記録した時もあると言います。

今回の地震による川内原発への影響は、多くの人が気にしているはずです。ＮＨＫも含めその放送局は、どうして鹿児島の震度を報じなかったのでしょう。これは実に、報じないという「情報操作」の一つとしか考えられません。

桜島の「噴火」についても、あまり報道されていません。今回も地震学者や火山学者たちは、ダンマリを決め込んでいるのでしょうか。地震学者たちの多くが研究資金の提供等を通じて、実は、原子力ムラに取り込まれた存在なのかもしれないということは、フクシマ・ダイイチの事故のあと、多くの人が抱いている懸念です。火山学者たちも「そうなのかも」などとは思いたくないのですが、決定的な時期に、その時点における科学的研究成果をもとに声を挙げない必要な警告を発しない専門家とは一体何なのか、何のための〝学問〟なのかという思いを、多くの人が抱いているはずです。

引き続き避難者について考えてみましょう。新しい原発難民が生まれる前に学んでおくことは、実に沢山あるのです。

フクシマ・ダイイチの事故によって、多くの「難民」が誕生したあと、関連して法律がいくつも制定されました。その中に、私が〝希望〟の可能性を一瞬感じてしまった法律があります。

正式名称「東京電力原子力事故により被災した子どもをはじめとする住民等の生活を守り支

えるための被災者の生活支援等に関する施策の推進に関する法律」というものです。

衆議院本会議で可決成立したのは、2012年6月21日のことでした。これは原発事故被災者の生活支援のためにつくられた、被災者側に立つ唯一の法律でした。超党派の議員立法で、代議士先生も「マジメに働いている」という印象を受けましたが、現在になってみますと、何と言いますか「仏作ってタマシイ入れず」という言葉そのものの「法律」のような気もします。まあ、グチはさておき、この法律の「柱」の部分は、一定以上の放射線量の地域については住み続けること、避難すること、そして避難先から帰還することの、どの選択に対しても、個人が自分の意思によって決められること、これを宣言している点です。

これは別の言葉で表現するとすれば「被曝を避ける権利」を定めた、ということです。

この「被曝を避ける権利」は、日本国憲法の「生命、自由及び幸福追求に対する国民の権利については、(略)最大の尊重を必要とする」(第13条)や「健康で文化的な最低限度の生活を営む権利」(第25条)に基づく、国民の個人個人の「人権」の問題として被災者を捉えていることを示しています。

この「人権」としての「被曝を避ける権利」の基本的発想を、日本国憲法から代議士先生たちが自ら生み出したとすれば、永田町もそう捨てたものではない、という気がするのですが、必ずしもそうではありません。

「被曝を避ける権利」については、すでに先例がありました。

１９８６年4月26日、当時のソビエト連邦を構成していたウクライナ共和国のキエフ州で原子力発電所が事故を起こしました。いわゆるチェルノブイリ事故です。

この事故の被災者を救援するため、１９９１年2月、ウクライナ共和国では、原発事故被災者保護法が制定されました。同じ内容の法律は、チェルノブイリ事故によって同じく多数の被災者が出たロシア共和国、ベラルーシ共和国でも同じ年に制定されました。この法律が制定された年の12月、ソビエト連邦は解体されましたが、この法律はその後も現在まで適用が続き、生き続けています。

手元にある『原発避難白書』には「チェルノブイリ法」の詳しい解説が出ています。「白書」によりますと、チェリノブイリ法のポイントは、法律によって〝原発事故被災地の範囲〟を定めたこと、そしてその被災地から転居した人々を〝原発事故避難者〟と認めて国家補償・支援をきちんと定めている点です。

先ず「被災地」に関する定義です。

①　事故発生時、当時の放射性安全基準に基づいて住民が強制的に避難させられた地域。

②　新たにチェルノブイリ法が定めたもので、年間平均5ミリシーベルト以上の地域は「退去対象地域」とし、ここから段階的に移住が「義務」づけられる地域。

③　放射線量が年間平均1ミリシーベルト以上の地域。

ここに暮らす人々には「移住の権利」が与えられ、この権利に基づいて移住する人々には「雇用や住宅など必要な支援を国が行う」とされています。

要するに「被曝を避ける権利」が、法律の文言として認められています。「白書」のこの項目の執筆者である尾松亮氏は、「日本ではいまだ、そもそも誰を「原発避難者」と認めるのか、統一的な見解・共通認識がない。（略）その結果、原発事故をきっかけに転居した人々の数、避難者の方々が直面している問題の把握が極めて困難となっている」とチェルノブイリ法と、日本の「被災者援助」の内容の差を指摘しています。

これは、どういうことでしょうか。

日本の「支援法」では、基本になる「対象地域」の設定や基準を国会で決めずに、役人に任せてしまったことが誤りでした。基本方針づくりを任されたのは、復興庁の「役人」でした。2013年8月30日に、復興庁が公表した「基本方針」なるものは、支援対象を決める時の尺度になるはずの、どのくらい、その地域が放射性物質で汚染されているのかを判断する「基準線量」の設定をしませんでした。そして、支援対象地域を福島県内33市町村に限定しました。

更に、政権交代後のアベ政権は、2017年3月末までに「避難指示解除準備区域」だけでなく、「居住制限区域」も避難指示を解除する方向を打ち出しています。

これにあわせて福島県知事は、2015年6月、自主避難者とすでに避難指示が解除された地域からの避難者について、2017年3月末で住宅の提供を打ち切る方針を示しました。

要するに「国」が安全というから「安全」を信じろという姿勢です。年間1ミリシーベルト以上の放射線量が高い地域は、指定のない地域でもまだ沢山あります。「支援法」に盛り込まれた「被曝を避ける権利」は完全に無視されているわけです。「支援法」の内容を事実上原子力ムラに属している「役人」の手から市民の手に早く取り戻さない限り、「政府」は、すでにある法律やシステムを、被災者を切り捨てる武器として使い続けるでしょう。

7日の参院選では、こうした原発の再稼働問題が、必ずや争点の一つになるという期待は見事に裏切られ、6月中旬現在、政府マスコミ一体となった原発問題の争点はずしは進行中の気配です。

「最大野党」と呼ばれている民進党が衆院選を前に6月15日に発表した「国民との約束」とやらを見ても、「原発再稼働反対」の文言は見当たりません。民主党政権を失速させた理由の一つが、その原発事故対策にあったことに、まだ気がついていないようです。原発事故が大地を汚染した場合、そこの住民が避難することを権利として認めることや、住民への補償の内容など、最大野党として国民の声を伝える役割の自覚のなさにはがっくりきます。

こうした民進党に対抗して与党が被災者援助で何かをするとは、期待できません。国民の命をアメリカのために捧げることを、おかしいと思わないアベ政権が続く以上、このままでは新しく原発事故が発生してもある程度の犠牲は仕方ないという発想を維持したまま、政府はまた国民の一部を、被曝した住民を切り棄ててしまうことは予想できます。

そろそろ本気になって住民による住民のための政治を、可能な地域から組み上げていかないと、日本国民は電力会社の利益のための犠牲という「運命」に弄ばれることになります。それを避けるためには、住民が過去に学ぶこと。教訓を胸に刻むことが基本になります。

もし近くの原発で事故が発生という情報を得て、それが過酷事故と判断した時、何をなすべきか。フクシマの教訓は、テレビの報じる「安全です」などという広報は信用しないことです。そして、できるだけ早く遠くへ、とりあえず80キロ以上遠くに逃げることです。

フクシマ・ダイイチの際、当時の民主党政権の時、最悪の場合、半径170キロは壊滅的被害を受けるという予測が立てられたそうです。しかし、それは国民の耳に入らないように隠されていました。スピーディの情報を隠したように。

二番目の教訓は、一たび過酷事故が発生し、原子炉の暴走が始まると、電力会社自体も、一体どういう状況なのか、わからなくなってしまうということです。更に電力会社は事故を小さなものに見せようとするでしょう。東京電力は、フクシマ・ダイイチの炉心が溶融していることさえ三ヵ月以上も隠していたのです。

そして三番目は、政府は秩序維持のためには、住民を犠牲にするという選択をすること。このあたりの「情報」や「知識」は、興味さえあれば、普通の市民でも学ぶことができます。何も原子力ムラの広報係でしかないテレビなどの情報に頼らなくても充分対応可能です。要するに、一番助けが必要な時に何もしないのが政府だと思ったほうが良いのです。

２０１６年5月中旬、写真雑誌『デイズ・ジャパン』の前編集長広河隆一さんの呼びかけで勉強会があり、私も東京まで出かけました。

作家の広瀬隆さんや小浜市にあるお寺の住職、中嶌哲演さん、原子炉に詳しい田中三彦さんら、これまで長く反原発運動にかかわってきた人々、フクシマ事故の報道に現在もかかわっている七沢潔さんらジャーナリストたちも参加して、充実した内容の勉強会でした。

共通の関心は、熊本の地震で近くの稼働中の川内原発で大事故が発生する可能性もあり、日本最大の活断層群である中央構造線近くにある伊方原発3号機の再稼働が２０１６年7月末にも想定されている現在、私たち反原発派は「何をなすべきか」が問われているということでした。

いろいろと提起された話題で、当面注目すべきと考えられるテーマの一つは、原発事故発生の時、子どもの甲状腺がんを防ぐ上で有効性を発揮してきた「ヨウ素剤」の配布にかかわる問題です。

現在、福島県内の子どもを対象にした健康診断で「甲状腺がん」の疑いのある子どもが「異常」に多く発見されている事実があります。

原発事故で放出される「放射性ヨウ素」を甲状腺という器官が取り込まないようにするには、前もって「ヨウ素剤」を服用しておくことが重要とされています。事前服用によって「放射性ヨウ素」を取り込むことを防止でき、「甲状腺がん」の発生を防止できます。その防御率は9割に達するとされています。

ところが、フクシマ・ダイイチの時、「ヨウ素剤」の服用に、医療関係者がマッタをかけたという話が伝わっています。このため三春町など役場が積極的に動いたケースを例外にして、殆どの地域で「ヨウ素剤」の配布、服用がなされなかったという事実があります。

この時、強調されたのが「副作用」の責任を誰が取るのか、ということだったと言われています。

私自身、当時、避難先の宿でNHKのテレビを見ていて、登場した専門家と称する学者が、放射性物質が空中を漂っている最中に「ヨウ素剤の服用の必要なし」と発言していたのを見て、なんてこと言うのかとびっくりした記憶があります。

こうしたインチキ学者たちの責任追及も重要ですが、「ヨウ素剤」についての誤った認識が、現在もまかり通っていては、これから発生する可能性のある事故のことを考えますと問題です。

東海村で長く村会議員をやっていた相沢一正さんや柏崎市の市会議員の矢部忠夫さんの話では、原発から5キロ圏の住民に対しては、昔からヨウ素剤の配布・備蓄は行われていたそうです。しかし、それより広い範囲の住民への配布は、その地元市町村の判断によってまちまちなのが現状なのだそうです。

フクシマ・ダイイチのケースを見ればわかる通り、放射性物質は遠く１００キロ、１５０キロ飛んでいます。万一の場合、２５０キロの範囲が汚染されることさえ想定されていました。これを考えれば、子どもたちをはじめ住民の甲状腺がんを防止するために、全国の市町村が原発事故に備え、ヨウ素剤を備蓄ないし事前配布することが必要なはずです。すでに一部では、そうした対応が取られ始めています。

兵庫県篠山市がその一つです。篠山市は、高浜原発から近いところで45キロ、市役所から56キロの距離があります。

篠山市がどうして、どのように対応しているのか、このあたりの経緯については、京都在住のジャーナリスト守田敏也さんの労作『原発からの命の守り方』（海象社、２０１５年）に詳しく書かれています。わが町、わが市でも原発事故対策を、とお考えの方、是非お読みになってください。

もちろん、住民の運動で、原発の再稼働阻止、そして全国の原発の全面的廃炉が一番良いわけです。しかしそれがかなわない状況は続いています。命だけは守りたいという場合の対応策は、各人が考えておくべきことなのです。

7月10日が投開票日になった参院選は「アベ政治を許さない」という立場から言えば、決して大勝利ではありませんでしたが、野党協力という「作戦」は成功だったと思います。普通の人々の「民進党」に対する不信、あるいは失望が今なお広く存在している現状を考えますと、一人区での11議席の獲得は、やはり「良くやった」と言って良い結果でしょう。

選挙におよそ興味のない方々は、気がついていなかったでしょうが、野党協力を事実上リードしたのは、昨年の「反戦争法」闘争を通じて政治への参加を決意した「無党派層」の「声」でした。「野党が分裂している時ではない」という闘う市民の現状認識が野党を動かしたのです。これに敏感に反応した共産党や生活の党が、共闘にはあまり積極的ではなかった民進党を巻き込んだということだったのでしょう。それは、自民党が選挙期間中に「あれは野合だ」と叫んでいたような単純な野党間協力ではありませんでした。

この選挙で、改憲派が3分の2以上の議席を取ったと気にする人もいます。しかし、「改憲勢力」なる党派あるいは議員の頭数をカウントしてみれば、民進党の中にも自民党顔負けの「改憲派」「アメリカのポチ」希望者は少なからず存在しています。ですから、今回の選挙は、ふらつく民進党に護憲を願う市民がタガをはめたという面もあるのです。

若狭湾で原発事故が起これば、深刻な打撃を受けるはずの京都での参院選を見ても、「反原発」をきちんと訴えていたのは、共産党の候補だけでした。

関西電力の責任をきちんと指摘して、高浜の稼働中の原発を停止させた滋賀県の大津地裁の決定は例外として、再稼働を巡る原子力ムラの動きがますます活発化しています。それは、テレビに電力会社や電事連のコマーシャルが増えつつあることでも示されます。

地震が熊本から中央構造線周辺で連続して発生しているにもかかわらず、その活断層群の上に位置する伊方町の四国電力伊方原発3号機は、この7月末にも再稼働する見通しであると新聞は報じています。四国の電力が足りないから、という理由ではなく、四国電力が関西地方に電力自由化の流れと共に事業展開するために原発の稼働が必要という理由なのです。要するに、四国電力の金儲けのために、地元住民の避難計画も充分でないにもかかわらず、再稼働を強行しようというわけです。

しかし、フクシマ原発事故で失ったものが住民の幸せだけでなく、日本の領土の一部であったことを、もう少しよく考えてみるべきなのです。アベ自公政権は、汚染の程度が比較的高い地域へも住民を帰還させようとしていますが、これは、あってはならない危険なことなのです。汚染の深刻な大熊町や双葉町など数十年以上も、地域によっては百年以上も帰還できない地域が日本国内に存在することを考えてみましょう。日本の領土の一部が失われたことと同じであることは、はっきりしています。自公政権は、原発事故による汚染を余りにも軽く考えています。

原発を推進する通産省と密接につながっている原子力規制委員会は、少しずつ本性をあらわし始めています。再稼働に向かっての合格基準は、フクシマ・ダイイチの深刻な経験を、少なくとも「住民」の側に立った教訓として、それを踏まえて対応することが何よりも重要なはずなのに、それは採用されてはいません。

その一つが、津波地震の予測です。

フクシマ・ダイイチの事故の原因について、津波予測が甘すぎたためという指摘があります。日本海溝沿いで発生する津波地震の予測を長期間無視し続けてきたのが東京電力だったという調査結果がありました。

東京電力は、3・11直後、津波の規模が想定外だったと強調していました。しかし、この5年間に明らかになったことは、前にも指摘しましたが、2008年の段階で彼らは15・7メートルの津波が来る可能性を知っていながら、金儲けのために、その対策を先送りした中での地震発生だったというわけです。

こうした甘い被害予測は、原発推進派によって、殆ど意図的に広められてきていたのが歴史でした。

現在問題になりつつあるのが、原発銀座若狭湾のある日本海側を襲う地震と津波の予測に関するものです。

地震学者の島崎邦彦氏がこの問題を提起しました。島崎教授は、原子力規制庁が２０１２年に発足した時にスタートした原子力規制委員会のメンバーを最初の２年間務めました。原発再稼働の前提となる「安全審査」で耐震審査を担当、委員長代理も務めたこともあって、「原子力ムラ」のメンバーかもしれないと見られていた人物です。

それにしても、彼の発言は勇気ある行動です。

彼が問題にしているのは、２０１４年に国土交通省の委員会（日本海における大規模地震に関する調査検討委員会）が発表した報告書の「津波予想」に関する部分です。

ポイントは、能登半島以西の津波が過小評価されているという彼の指摘です。この地域は、原発銀座の若狭湾を含みます。

島崎教授は、この委員会が想定した「最大クラス」は、決して「最大」とは言えず、これを基準に各県が対策を立てると、実際に津波が発生した時に、また「想定外」という責任の所在をはぐらかせる言葉が氾濫する可能性を「学者」として耐えられないというわけです（岩波書店『科学』２０１６年７月号参照）。

島崎教授は、また、日本海側の活動層を原因とする地震動の推定にしても、炉心冷却が確保できないレベルの地震動が考えられるとも指摘します。

最近の原子力規制委員会は、廃炉の原則として設定している40年という基準を、あっという間もなく事実上無視して、例外であるはずの「更に20年」延長を大飯原発などのケースであっさりと認めてしまっているのです。こうした判定が、地震動予測にあるような、その基準設定が「甘い」ことと関係している可能性は否定できません。

現在、裁判官の良心、問題理解力が問われるだけでなく、「学者」たちもまた、その倫理性、誠実さが問われることになるのが、こうした原発再稼動にかかわる現実なのです。

あとがき

夕暮れになりますと、近くの代掻き(しろか)を終えた田圃からアオガエルやトノサマガエルの鳴き声がきこえてきます。夜が明けますと、ウグイスの声が響いてきます。

また、山の暮らしを始めることにしました。

この四月から、私は京都から三重県の大台町(おおだい)に移り住みました。日本一の清流と言われる宮川(みやがわ)のほとりです。勤めている大学との当初の契約が5年間ということでしたので、いずれ何処かに引越さねばならない環境でしたから、昨年春から「農のある暮らし」が可能な場所を捜していました。そんな時に、私の移住先捜しに骨を折ってくれたのが、この大台町でワサビの栽培と川魚のアマゴの養殖をなりわいにしている西要司さんでした。私と同い年の昭和17年生まれ。彼は、紀伊半島の森に詳しく、自然を大切にする心情が肉体化したような人物で、新しく師匠を見つけた感じです。

私は今年の六月で75歳になります。

親しかった友人の多くは、もう鬼籍に入っています。あまり親しくない友人たちも毎年鬼籍にその名を記載しています。

私の両親はいずれも、数え年の83歳で逝きました。受け継いだ遺伝子としては、私も、ほぼその年頃までは生き延びるはずです。そう考えますと、残された人生は、あと10年足らずということになります。

昨年の秋、何日も寝込むことは無かったものの、ひどく体調を崩しました。ひょっとして、このまま朝になっても目が覚めないこともあるかもしれない、という夜もありました。

そんな時に、活力のもとになったのが「いやいや、ヤツラの行き先を見定めるまでは」という思いでした。弱気になっている自分を奮い立たせ、この世への未練とも言える情念の核になっていたのが「ヤツラ＝原子力ムラの連中」への憎しみでした。

「暮らし」を奪って平気で居る者たちへ「一矢報いたい」という思いでした。

仮に鬼籍に入っても祟ってやる。絶対に。ヤツラの七代先まで祟ってやるぞという情念は同じ思いを共有する旧い友人たちとのつながりを強め、新しい友人たちとのつながりを生みました。

この本は、そうした思いを基本にした5年間の記録です。「遺言」のつもりでもあります。

サブタイトルに「ヤバイ」という言葉を使っているのは、若者言葉を真似したつもり。

今の世の中「おかしいんじゃないか」と感じはじめている若者たちが、その「おかしさ」を変えようと思い立った時に、何かの役に立つかもしれない、その材料になるかもしれないと書いていた文章を整理したつもりです。

ほぼ同世代の方々への「連帯のアイサツ」でもあります。

最後に、遅々として筆の進まない状況を忍耐強く見守って下さった岩波書店編集部の馬場公彦氏の辛抱強さに感謝します。

原発事故から6年目の4月
大台町熊内にて

秋山豊寛

秋山豊寛

1942年，東京生まれ．宇宙飛行士・農民・ジャーナリスト．ICU卒業後，66年，TBSに入社，ロンドン駐在，『報道特集』ディレクター，ワシントン支局長を歴任．1990年9日間，日本人初の宇宙飛行士としてソ連の宇宙船「ソユーズ」，宇宙ステーション「ミール」に搭乗，92年に熱気球による世界初のベーリング海峡横断．95年にTBS退社，福島県滝根町に移住し有機農業に従事，2011年3・11東日本大震災の原発事故により群馬県鬼石町を経由し京都へ．11月より京都造形芸術大学芸術学部教授．2017年4月より，三重県で有機農業を再開．
『宇宙よ(上下)』(立花隆との共著，文春文庫，1995年)，『農人日記』(新潮社，1998年)，『宇宙と大地』(岩波書店，1999年)，『鍬と宇宙船』(ランダムハウス講談社，2007年)，『原発難民日記』(岩波ブックレット，2011年)，『来世は野の花に——鍬と宇宙船Ⅱ』(六耀社，2011年)など．

若者たちと農とデモ暮らし—少しヤバイ遺言

2017年5月18日　第1刷発行

著　者　秋山豊寛（あきやまとよひろ）

発行者　岡本　厚

発行所　株式会社 岩波書店
〒101-8002 東京都千代田区一ツ橋2-5-5
電話案内 03-5210-4000
http://www.iwanami.co.jp/

印刷・三秀舎　製本・中永製本

ISBN 978-4-00-061202-9　　Printed in Japan